主编寄语

　　《心灵读库》(共十本)精选了当代一批优秀作家的经典美文作品,满足了中学生的阅读和写作需求。《心灵读库》是专门为广大中学生朋友量身打造的阅读盛宴和人文修养范本。本书体现了与众不同的风格:

　　◆　**美文经典,读写范本。**

　　选文皆为当代名家的时文美文,可谓精华荟萃。同时文风鲜明,各有千秋。或言辞隽永,如诗如画;或构思精巧,拍案叫绝;或深邃悠远,回味无穷;或幽默风趣,如浴春风。本书将以其博大精深的真知灼见贯通中学生的智慧,将以其海纳百川的胸襟来滋润中学生的情怀。赋道义于两肩,著千古文章。

　　◆　**名家批注,醍醐灌顶。**

　　诸位专家谆谆善诱,对文章要义整体评价,对写作技法深入剖析,对精彩妙处——批注。心思缜密,不遗余力,直指文章亮点;寥寥数语,境界全出,揭示写作规律。时而铿锵有力,时而温声细语。归纳创作要领,演绎写作技术,点评高屋建瓴,批注醍醐灌顶。让学生茅塞顿开,下笔千言如行云流水。

　　◆　**知识链接,开拓视野。**

　　每一篇美文都会涉及一些或自然的,或科学的,或宗教的,或人文的,等等,各种知识,不一而足。本书编者,根据中学生的实际知识储备状况,倾其全力,耐心筛选链接有益的知识,以求帮助读者开拓视野。

　　精读是形成文风的前提,拓读和泛读是深度的前提,愿《心灵读库》带领读者敲开写作的技巧之门。

　　　　　　　　　　　　　　　　　　　　　　　袁炳发　壬辰年一月于哈尔滨

心灵读库

心灵读库 8 生命颂歌

飘过童年的风筝

袁炳发/主编

杨天心 赵槟/分册主编

刘鸿雁 郑宇 徐海曼 刘冠/编委

吉林大学 出版社

图书在版编目（CIP）数据

飘过童年的风筝：生命颂歌/袁炳发主编.--
长春：吉林大学出版社，2012.1
　（心灵读库）
ISBN 978-7-5601-8021-2

Ⅰ．①飘… Ⅱ．①袁… Ⅲ．①散文集－世界 Ⅳ.
①I16

中国版本图书馆CIP数据核字(2011)第263793号

书　名：飘过童年的风筝——生命颂歌
作　者：袁炳发 主编

责任编辑、责任校对：刘冠宏 宋睿文　　　　　　装帧设计：李岩冰 董晓丽
吉林大学出版社出版、发行　　　　　　　　　吉林市海阔工贸有限公司 印刷
开本：787×1092　　　　毫米：1/16　　　　　2012年1月　第1版
印张：12　　　　　　　字数：240千字　　　　2015年4月　第5次印刷
ISBN 978-7-5601-8021-2　　　　　　　　　　　定价：19.80元

版权所有　翻印必究

社址：长春市明德路501号　邮编：130021
发行部电话：0431-89580026/28/29
网址：http://www.jlup.com.cn
E-mail：jlup@mail.jlu.edu.cn

目录

坏牌不一定会输

很少很少有人天生得到一副好牌。当我们出生在一个普通人家，容貌平平，记忆欠佳，缺乏眼界和财力，甚至可能糟糕地面对伤残的器官时，请记住：如果手里拿到了一副不算太差的牌，我们一定要争取去赢。

文/麦 秸

坏牌不一定会输

比尔·波特出生的时候，"顽皮"地"跳"到了地上，摔坏了左脑，使他的右半身不能顺从地听他使唤，右胳膊基本是摆设。且走路的样子像只虾，前弓着身子一跳一跳的，很滑稽。

小时候，妈妈教比尔玩"小鸡快跑""首尾相连"的扑克游戏。可是，常常比尔拿到的牌很糟糕，多是"汽车号码"。一来二去的，他失去信心，不愿意再打了。可是妈妈告诉他，如果将坏牌巧妙地组合，运用起来，一样能打赢。比如小鸡快跑的时候，妈妈出一个红心A，他可以用三个小3"拦截"她，妈妈出一个大毛，他用四个小4合起来"包围"她。

"首尾相连"更是有意思。有时比尔打出一张小3，然后一张一张接着打，不一会儿又会出来一个小3，赢回妈妈好多牌呢。就这样，比尔越玩越有信心，即使抓到再差的牌，他都用心地打下去。

比尔到了上幼稚园的年龄，妈妈笑着告诉他，其实，他总抓坏牌，是因为她刻意把大牌藏了起来。比尔傻傻地问："这是为什么呢？"妈妈说："比尔，我的孩子，你和那些健康的孩子比起来，可能是一副糟糕的牌，但你知道，坏牌不一定会输。是不是？"

比尔牢记妈妈的话，用左手学会了写字、手工、画画、投篮……一点都不比别的孩子差。高中毕业后，比

用轻松的口吻讲述了比尔·波特残疾的原因，使文章不显沉重，反而给读者一种轻松的感觉，同时也令读者的目光聚焦到这个"可怜"孩子的身上，十分自然地引出了下文。

"汽车号码"运用比喻的艺术手法，形象地表明了比尔的坏牌多是些数字。

表现出了比尔面对坏牌时依然信心十足的样子。

妈妈用一副扑克，教会了比尔"坏牌不一定会输"的道理。"刻意"写出妈妈用心良苦。

引出主题——坏牌不一定会输。妈妈将比尔比作坏牌，意在教授给他遇到困难永不放弃的信念。

"满是油污"，为后文琳娜太太买下产品作铺垫。同时表现出比尔善于认真观察的优点，虽然很多人都看不起他，但他没有放弃。

运用"！"表现出比尔的自信，以及坚信"坏牌不一定会输"的信念。文章字里行间都浮现出主题，起到了深化主题的作用。再一次点明文题，表现出妈妈的鼓励对比尔有很大帮助。

抓住"沙发"这一物品来推销洗衣剂，表现出比尔的聪明和自信。

通过语言描写，表现出比尔的真诚。当他听到琳娜太太很孤独时，便表示要常来陪她，在心灵上给人以温暖。善良是比尔推销成功的一个主要原因。

比尔用行动证明了"坏牌不一定会输"，他的诚恳、善良、耐心、自信造就了现在的辉煌。

尔应聘进了世界知名的奥特斯金日用品公司，成为一名上门推销员。他每天早早起床，带上妈妈做的三明治，坐几站公共汽车，到附近的切斯特大街推销。

他挨家挨户摁响门铃，礼貌地脱帽，微笑着对主人说："早上好，我可以耽误您……"可是，往往不等他说完，门就粗暴地撞上他的鼻尖。那个沙发上满是油污的琳娜太太，更是对他冷嘲热讽，甚至还放狗咬他。一星期下来，比尔没有做成一单生意。公司老板要解雇他。比尔说："我相信我能做好！请再给我一星期的时间。"

又一个工作日，比尔吃了一上午闭门羹，肚子还饿得咕咕叫。心灰意冷地坐在路边的长椅上，无精打采地拿出妈妈做的三明治，突然开心地笑了。妈妈用红色的番茄酱，在三明治上写道："坏牌一定不会输！坚持！"

吃完午餐，比尔精神抖擞地再次摁响琳娜太太的门铃，笑着说："琳娜太太，您家的沙发太脏了。如果用我们公司的洗衣剂，它不但会焕然一新，还能发出淡淡的清香。我现在就免费帮您洗。如果不像我说得那样，您放狗咬我好啦。"琳娜太太终于将信将疑地请他进屋。

比尔一边帮琳娜太太清洗沙发，一边陪她闲聊。琳娜太太失落地说，她唯一的儿子远在意大利。这屋子里就她和一只小狗，零乱的像耗子窝。比尔真诚地说："哦，琳娜太太。我以后每天都抽时间来看望您。如果有什么需要帮忙的，尽管吩咐。"善良的比尔打动了琳娜太太，琳娜太太买了他的产品。比尔开心极了，在院子里就迫不及待地大叫："妈妈，我成功啦。我要请您吃烤乳牛。"

一年后，比尔用他的耐心坚持、礼貌微笑、真诚善良，让切斯特大街的几千户居民，全都成了他的老客户和老朋友。1992年，22岁的比尔，以全年4680万美元的销售业绩，被奥特斯金公司评为"金牌销售员"。

随着电讯行业的推广和发展，奥特斯金公司的新总裁取消了"上门推销",而改成电话服务。但是比尔·波特坚持对他的客户"零距离"服务。他认为这样才能让用户对产品性能有足够了解、认识,做出正确选择。直到现在,比尔依然是奥特金斯唯一的"金牌推销员"。

很少很少有人天生得到一副好牌。当我们出生在一个普通人家,容貌平平,记忆欠佳,缺乏眼界和财力,甚至可能糟糕地面对伤残的器官时,请记住:如果手里拿到了一副不算太差的牌,我们一定要争取去赢。如果不幸摊上一副不能再糟的牌,我们也要耐心地把一张张没用的牌巧妙地打出去,或许最终我们还是能赢。坏牌不一定非输不可。要知道,诗人荷马是个瞎子,海伦·凯勒聋、哑、瞎集于一身,比谁的牌都糟,但他们都没有输。

表现出比尔的责任心很强,为了最大程度保证用户的利益,他不辞辛苦地为客户进行"零距离"服务。

很少有人天生就是"好牌",但只要坚信"坏牌不一定会输",通过努力,你也会像比尔一样获得成功!

引用荷马和海伦·凯勒成功的事例,表明"坏牌不一定会输"的主旨,结尾深化主题。

点 评

当一个人呱呱坠地的时候,他的人生博弈就开始了。然而,这种博弈是不公平的,人一出生,手里的牌就各不相同,就像文中的比尔,他手中的牌就极坏。所以,人一出生就是站在不同的起跑线上的。

但是,尽管比尔是一张坏牌,但他坚信"坏牌不一定会输",凭着自信,他创造了非凡的业绩。

"上帝在给你关上门的时候,总会给你打开一扇窗。"也就是说"天无绝人之路",所有手握坏牌的人只要坚信"坏牌不一定会输",就一定会成功。

因为手握坏牌,贝多芬创造作世界闻名的《月光奏鸣曲》;勾践卧薪尝胆,最终三十越甲可吞吴;海伦·凯勒的自传;居里夫人镭、铂的发现;司马迁的《史记》;张海迪的学位……这些手握坏牌的人哪一个不是坚信"坏牌不一定会输",而哪一个又不是一次次创造了许多手握好牌的人一生都望尘莫及的成就呢?

手握坏牌的人,应当牢记"天行健,君子以自强不息","自强为天下之健,志刚为大君之道"的古训,树立起"坏牌不一定会输"的信念,并把它当做自己的座右铭,这样,才能到达成功的彼岸。

邵婧迪 ◎ 评

━━ 知识链接 ━━

扑克(poker)有两种意思：一是指扑克牌，也叫纸牌(playing cards)，另一个是指以用纸牌来玩的游戏，称为扑克游戏。有常见的54张纸牌和60张的"二维扑克"两类。关于扑克的起源有多种说法，现在较被中外学者所普遍接受的观点就是现代扑克起源于我国唐代一种名叫"叶子戏"的游戏纸牌。相传早在秦末楚汉争斗时期，大将军韩信为了缓解士兵的思乡之愁，发明了一种纸牌游戏，因为牌面只有树叶大小，所以被称为"叶子戏"。据说这就是扑克牌的雏形。

12世纪时，马可·波罗把这种纸牌游戏带到了欧洲，立刻引起了西方人的极大兴趣。一开始，它只是贵族们的奢侈品，但是因为它造价低廉、玩法多样，又容易学，很快就在民间流行开来。

中国人将四种花色理解为春、夏、秋、冬四个季节；

法国人将四种花色理解为矛、方形、丁香叶和红心；

德国人把四种花色理解为树叶、铃铛、橡树果和红心；

意大利人将四种花色理解为宝剑、硬币、拐杖和酒杯；

瑞士人将四种花色理解为橡树果、铃铛、花朵和盾牌；

英国人则将四种花色理解为铲子、钻石、三叶草和红心。

为什么要以这四种图案作为扑克牌的花色，历来说法很多。比较集中的说法有两种：

一说是这四种花色代表当时社会的四种主要行业，其中黑桃代表长矛，象征军人；梅花代表三叶花，象征农业；方片代表工匠使用的砖瓦；红桃代表红心，象征牧师。

另一说是这四种花色来源于欧洲古代占卜所用器物的图样，其中黑桃代表橄榄叶，象征和平；梅花为三叶草，意味着幸运；方片呈钻石形状，象征财富；而红桃为红心形，象征智慧和爱情。

文/荞小麦

绝不放弃你

2007年夏天的一个深夜,武汉市钢铁厂职工贾一突发脑出血,生命垂危,被送进武钢总院。经过医生近7个小时的紧张抢救,脱离了生命危险。

然而,几个小时后,贾一脑部伤口缝合处流血不止,陷入深度昏迷状态。面对这突如其来的变故,贾一妻子惊慌无措地拨打了大嫂高英的电话。

高英接到电话后,立刻赶往医院。可令人好奇的是,高英的出现,仿佛是一个集合的信号。三天后的一大早,从各地赶回来的15个人,陆续来到医院。他们彼此都非常熟悉,都对贾一的病情显现出异常关心。这15个人,看起来年龄相仿。难道,他们都是贾一的兄弟?

这15个人,是贾一的河南老乡,彼此之间没有任何血缘关系。他们十六七岁时,一起来到武汉钢铁厂,接替父辈的工作。同时,也继承了父辈们传下来的友谊。他们住同一个宿舍区,吃同一个食堂,在同一个工厂工作。连去夜校读书,都是15个兄弟相互勉励着,一起走过……

上世纪80年代初,刚刚20出头的高英,嫁给了15个兄弟中的老大。从那时起,贤惠的高英就把贾一他们当成了自己的亲人。那时,大家的生活都不富裕,为了给弟弟们改善伙食,每个周日,她都会变着花样做

从"生命垂危"到"脱离了生命危险",让人们不禁松了一口气。

情况急转直下,让人再度陷入紧张情绪中。

前两段着重描写贾一的病情,表明贾一病情极其严重。为下文高英和15个兄弟的出现作铺垫。

在段末提出疑问,表现出15个人出现的突然,暗示了他们与贾一的关系非同寻常。

对上文的疑问作了解释,也表明了他们真正的关系——比血缘还要亲的兄弟。表现出他们友谊的深厚。

蒜是一瓣一瓣的，但缺一不可，说明了他们的感情之深。"兄弟同心，其利断金"，他们的关系如蒜头，因为他们之间只有真情，所以才生活得如此快乐。

贾一很热心，好人有好报，在他遇到困难时，大家也竭尽全力地帮助他，有难同当，这才是真正的朋友。

表明贾一的病情很严重。

虽然贾一生的希望很渺茫，但兄弟们一刻也不放弃，这种不离不弃的精神或许是对友情最好的诠释吧！

没有血缘关系但血管里流淌的都是爱。

看护贾一的工作之艰难与大家不畏艰苦的态度形成对比，更加突出15个兄弟之间的深厚感情。

很多菜，让他们吃个够。一个简陋的小家，充盈着简单的快乐和满足。后来，兄弟们陆续成了家。但逢年过节，他们都要拖家带口的聚上一聚。平日里谁家有个什么事，也是互相帮衬着。多年来，他们犹似一枚紧密团结、完整无缺的蒜头，缺一不可。

贾一在他们兄弟中，年龄偏小，是个很热心开朗的人。平时喜欢张罗事情，谁家有个大事小情的，他都喜欢帮把手，出个谋划个策。此次，突然得此重病，让15个情同手足的兄弟心痛不已。可尽管大伙都在为贾一的病情竭尽全力，但贾一，已经深度昏迷8天了。医院发出了病危通知，并告诉他们，如果100天内不能苏醒，贾一很可能成为植物人。贾一妻子受不了这个打击，精神到了崩溃的边缘，也卧床不起了。

关键时刻，15个没有血缘关系的兄弟，不约而同地达成一个心愿：只要贾一有一线希望，绝不放弃。可是，维持贾一的生命，一天需要上万元的医疗费用。这对于贾一这个普通工人家庭来说，如蚁负山。于是，15个兄弟商量决定：这个家庭不能负担的医疗费用，由15个兄弟来出。钱的问题解决了，可由谁来照顾这样一个高危病人呢？大家都有各自的工作，雇个护工看护，谁也不放心。大嫂高英说："15家人分班轮流照顾。如果谁工作脱不开身，知会我一声。我随时请假，顶上。"

就这样，15个兄弟和他们的家人，组成了一个特殊的看护组，细致周到地照顾着贾一。然而，一个月过去了，贾一不但没有任何苏醒的迹象，反而再一次出现了病危。由于长时间卧床，他产生了严重的并发症，肺部感染和消化道溃疡。大量的黏痰混合着胃里的污血，不断地从切开的喉管和食道里涌出。高烧伴随着身体各项指标的异常。看护工作变得更为艰难和琐碎，但大伙从不说脏、说苦、说累。24小时，没有人把眼睛闭上打个盹。困了，就用凉水洗个脸。他们深知，病人痰多，不能自主呼吸，随时有窒息死亡的危险。所幸，在医院全力抢救，在15个兄弟的悉心照料下，并发症终于得到控制。贾一再次与死神擦肩而过。

两个月后，贾一仍然没有一丝苏醒的迹象。医生无奈地摇头说，没希望了。可15个兄弟依然不懈怠，不放弃，不抛弃。他们说，只要有一丝希望，也要把贾一从死神手里夺回来。

"坚持下去，贾一一定会醒过来！" 成了这个大家庭中每一个成员的唯一信念。大嫂高英以前学过按摩技术。每天，不管自己有多累，都坚持给贾一按摩，帮助他疏通筋脉，活动关节。且一边按摩，一边跟他讲说过往的趣事、乐事……

100天就快到了，但贾一还是没有醒过来的迹象。所有人的心都悬了起来。然而，就在大家感到异常沉重、绝望时，奇迹发生了。第101天，细心的高英看见，贾一的脚趾微微动了一下。跟着，他慢慢睁开眼睛，叹了一句"哎哟。"昏迷了100天的兄弟醒了。大伙流下了幸福、激动的泪水……

生命，有时显得十分脆弱；病魔，可以恶意摧残无助的身心。但人世间无私博大的亲情、诚挚真切的友情，却是最温暖、最强大、最动人的源泉和力量。它们能创造出生命的奇迹，谱写出震撼人心的温馨华章。

15个兄弟的坚持说明他们感情深厚。医生宣布"没希望"之后15个兄弟还是不放弃，尽最后的努力，为结局设下了悬念。

渲染出气氛的紧张。

他这一声轻叹，让所有人悬着的心都落下来了。

升华了主题，因为亲人们的不放弃，因为一个"爱"字，让生命之花绽放得如此炫丽、如此美好。

 点 评

这篇文章为我们讲述了一个无比感人的故事。贾一的生命因兄弟们的关心而得以延续，通篇采用记叙的手法，虽没有华丽的辞藻，情节却跌宕起伏。

俗话说得好，"一个篱笆三个桩，一个好汉三个帮。"友情是无比珍贵的，恩格斯因友情而无偿地资助马克思，使他完成巨著《资本论》；钟子期因为友情而能理解伯牙高深莫测的琴声；鲍叔牙因为友情而不计管仲的一箭之仇，反而将他向齐桓公推举。一位知心的朋友，人生最大的恩赐莫过于此了。"众人拾柴火焰高"，贾一的生命之火正是因友情而重新被点燃。

真正的朋友，应彼此关心，不离不弃，勇于分担彼此的痛苦，分享彼此的快乐。在你伤心时，他会来安慰你；失落时，会来鼓励你；迷惘时，会和你共同前行。这就是真正的朋友。

友谊是真心为彼此而不求回报的，马克思曾说过"友谊像清晨的雾一样纯洁，奉承并不能得到友谊，友谊只能用忠诚去巩固它。"所以，我们应承担起自己在友谊中的责任，这样，友谊之桥才会永远横跨在你我心间！

严朔 ◎ 评

▅▅▅ 知识链接 ▅▅▅

中老年人是脑出血发生的主要人群，以40～70岁为最主要的发病年龄，脑出血的原因主要与脑血管的病变、硬化有关。血管的病变与高血脂、糖尿病、高血压、血管的老化、吸烟等密切相关。通常所说的脑溢血是指自发性原发性脑出血。患者往往由于情绪激动、费劲用力时突然发病，表现为失语、偏瘫，重者意识不清，半数以上患者伴有头痛、呕吐。

文／罗　西

把花还给春天

清明总要下雨。我愿意这样的。天晓得，我要这样的雨。

清明草青青，雨不绝；我好好活着，好好惆怅，淡淡走过，淡淡忧伤。

去父母合葬的墓地，满地落叶，如那一页页线装书，来不及翻过去后，又见到一叶叶的青葱，是新草，细翠。落叶来不及沃土，新芽掩不住清愁。

> 运用比喻的修辞手法，将满地落叶比作一页页线装书，生动形象地描绘出叶片散落的样子。

父亲走了15年了，母亲走了快两年。常常想跟母亲说话，突然发现没了；而父亲走得更早，更渺茫；有些孤单，是因为转身发现，想交谈的那人永远不在了，那隔世的远。

春天的草都带花呼吸，如果细致的白花是呢喃，那些铺张的绿叶，则是默默的想念。

想起那些寒冷的早晨，我的读书年代，母亲早起为我们做饭的那些日子。曾经以为晨曦是从露珠里开始的，后来我想，天亮是母亲喊我起来吃饭开始。

> 回忆读书时代母亲喊"我"起来吃饭的情形，令文章的字里行间洋溢着温暖，与上文紧密相连。

我知道沉溺于往事不好，我在春天里，想小时候那破落的家，居然温暖而空落，像一个有缺口的海碗。最爱我的母亲，最为我骄傲的父亲，我总坚定固执地认为他们最偏心我，我的兄弟姐妹总不信。每次想到这里，我一个人会心一笑，笑得满面泪水。

> "小固执"不过是孩子间可爱、充满童真的炫耀，却着实令作者怀念，内心深处无尽地留恋都化作怀念，内心深处无尽地留恋都化作满面泪水。"笑得满面泪水"，看似矛盾，却如此恰当，是感动与思念纵横成了泪水。

人前笑，是让你看见我牙齿的白，人后笑，谁看见我鱼尾纹边的灰？

爱情喊过之后，累。亲情回想之后，愈发深厚。有次，不小心在餐桌前，谈及母亲的一个拿手菜，我的大女眼睛一红，泪水夺眶而下，我也失态泪下，小儿子不知所措，沉默着……餐后，他很乖地扎了围裙，替他妈妈洗碗。每次，我打他，他奶奶总是以身护他。我再也不打我儿子了，母亲！

儿子虽不知具体情况，却也懂得在母亲的有生之年，多尽一份孝心。

我尊重民间这些最通俗的心愿，纸钱，跪拜，祭奠逝去的生命……父母没了，我突然觉得迷信是多么温暖的一件事情。

迷信，纸钱，都是对父母亲情的寄托。

在父母坟前，我虔诚地烧着冥币，寄托哀思。我相信缘分与来生。多么痛的安慰。如果离世是沉睡，母亲父亲，我要你们安详安息；如果离世是为了来生，来生遇见你们，我还会哭的。

今生父母离世得早，作者期望来生还能与父母相遇。

没有了父母，我常常情不自禁地沉默，是不开心。对不起，我应该尽力开心。我尽力在清明节里卸掉那些难过、疼痛，我的父亲母亲，原谅我今天专程来的暗泣。

父母两个字好沉重。若有天堂，我要你们轻盈成仙。在有星星的夜晚，我仰望，为了爱，也为了泪水不要轻易掉落。我怕你们知道我的悲伤。

花开花落让人神伤，将这千丝万缕的情绪，都归于最初。珍惜现在拥有的爱吧！

总有一些花朵懂我伤心。珍藏那些爱、惆怅，一颗心足够，把花还给春天。

清明时节，作者虔诚地祭拜父母，情不自禁勾起了心中的思念。父母的逝去，儿女怎能不痛心。

作者通过简单回忆往事，表达对父母不尽的哀思。极力想掩饰的情绪却仍会不由自主地流露出来，或许只能通过清明祭奠这一系列举动来缓解内心的思念之情。

作者希望父母健在的人可以珍藏这份爱，在父母有生之年，多尽孝道，用真心对待父母。我们是花朵，父母是春天，我们源自春天，也归于春天。

崔家睿 ◎ 评

━━━ 知识链接 ━━━

清明节是农历二十四节气之一，在仲春与暮春之交，也就是冬至后的106天。中国汉族传统的清明节大约始于周代，距今已有2500多年的历史。《历书》："春分后十五日，斗指丁，为清明，时万物皆洁齐而清明，盖时当气清景明，万物皆显，因此得名。"清明一到，气温升高，正是春耕春种的大好时节，故有"清明前后，种瓜点豆"之说。

清明节是我国传统节日，也是最重要的祭祀节日，是祭祖和扫墓的日子。扫墓俗称上坟，祭祀死者的一种活动。汉族和一些少数民族大多都是在清明节扫墓。

按照旧的习俗，扫墓时，人们要携带酒食果品、纸钱等物品到墓地，将食物供祭在亲人墓前，再将纸钱焚化，为坟墓培上新土，折几枝嫩绿的新枝插在坟上，然后叩头行礼祭拜，最后吃掉酒食回家。唐代诗人杜牧的诗《清明》曰："清明时节雨纷纷，路上行人欲断魂。借问酒家何处有？牧童遥指杏花村。"写出了清明节的特殊气氛。

清明节，又叫踏青节，按阳历来说，它是在每年的4月4日至6日之间，正是春光明媚草木吐绿的时节，也正是人们春游（古代叫踏青）的好时候，所以古人有清明踏青，并开展一系列体育活动的习俗。在古时，还有一种说法，就是"三月节"。

在古人的观念里，108是代表完满、吉祥、久远、高深的大数，把清明放在冬至后第108天，是有很深的含义。清明的得名，不仅缘于万物此时的生长清洁明净，也缘于这一时期的太阳也是清新的太阳，流转于这一时期天地之间的阳气，也是清新的阳气。

文/小黑裙

花自芬芳

每个人都期望生活花好月圆，可事实上，不如意的事情总是如一粒粒冷硬的石子投入水面，荡起阵阵烦恼的涟漪。"世界上唯一你可以拥有的东西就是过程，而时间永远是流逝的。"史铁生如是说。生命往往由不得我们选择，我们所能做的只能是微笑面对，用心感悟生命过程的美好。

那天上午，我的办公室来了三位母亲，她们是来申请困难家庭救助的。按照程序，需要先核实相关资料，然后填写申请表。第一位母亲是位三十多岁的女子，她一袭白色长裙，头发顺直飘逸。她的女儿先天听力障碍，需要高昂的医疗费用。我以为这样的家庭，生活应当晦涩、苦恼、充满抱怨，可是她却开朗乐观，满怀希望地陪伴女儿四处辗转，积极配合治疗。

第二位母亲衣着随意，神情略显拘谨。她的儿子腿先天残疾，每当别的同学上体育课时，他只能坐在一旁远远地看着。他曾经问母亲，他的腿为什么会这样。母亲说，你小时候很淘气，不小心摔了一跤。母亲编造了一个善意的谎言，是为了不让儿子幼小的心灵过早地留下阴影，她在维护一个小男子汉的尊严，等待合适的时候，让他平静地接受生活中的不完美。

最后进来的是一位中年妇女，她的爱人前些年病逝，为了供养儿子读书，她退休后仍四处打零工。她说

开篇运用比喻的修辞手法，"一粒粒""阵阵"等词语说明不如意的事情繁多，让人心烦。但当上帝发给我们一副坏牌时，我们只能选择把它们打好。

通过外貌描写，从侧面表现出这位母亲面对苦难时坚强、乐观的心态。

母亲是孩子的守护者，她们总会为孩子考虑好每一个细节，尽力保护好孩子脆弱的心灵。

自己最近要到外地做家政服务，趁身体健康多挣些钱。望着她泛白的头发，我的眼前蒙上一层薄雾，说："有你这样的好妈妈，孩子真幸运。"她笑了笑，说："我们所经历的一切，或许都是命中注定。"她没有责怪生活的不公，而是坦然接受命运的安排，努力活出自己的精彩。

> 母亲们为了孩子的前程，甚至不惜透支自己的健康。

填完表格后，三位母亲陆续离开了办公室，我陷入了沉思。转身，对同事说："我们每天为一些小事纠结困扰，看看她们，还有什么可抱怨的呢？"同事抬起头来，与办公桌上一朵淡紫色的小花对视，答非所问："每朵花，看上去都不一样，可是它们都有自己的美丽与芬芳。"我猛然一怔，被这句充满禅意的话感动。

> 不论前途是多么黯淡，自己有多"卑微"，都不要放弃"开花"的机会。

不管经历怎样的黯淡岁月，只要不灰心、不放弃，我们总能从有情、有义、有爱的尘世间，寻找到种种精神砥砺，牵引自己走向人生的福地。怀特曾说，生活的主题是，面对复杂，保持欢喜。所以，无论何时何境，我们都应当芬芳身心，恬静自我，让生命如花儿般绽放。总有一天，我们会意识到，所有的磨砺与苦难都自有它的意义。

> 走下去，向目标前进，黯淡的岁月也会被强大的自信点亮。

　　快乐进取是一种生活，悲伤消极亦是，日子如同非可再生资源，何不活出精彩？我们无法主宰命运，但事在人为，播下的种子总有一天会发芽。文中的三位母亲，用坚强的性格、乐观的心态支持着苦难的生命，让她们敢于向命运说"不"。如果将生活比作白纸，将不如意的事比作黑点，我们应看到白纸，忽略黑点。哪怕整张纸上漆黑一片，只有一个白点，我们也不能放弃希望。

刘凤至 ◎ 评

—— **知识链接** ——

低保是居民最低生活保障的简称。是在城市已经建立了国有企业下岗职工基本生活保障、失业保险和城市居民最低生活保障等"三条保障线"制度的基础上，建立实行最低生活保障的制度。

中国对农村低保制度的探索，实际上还早于城市。只不过受传统农村集体福利思维定式的束缚和农村税费改革的影响，此项制度建设一直进展缓慢。2003年，在城市低保制度取得重大突破后，民政部开始重新部署农村低保制度的建设工作。其中一项重要举措是，在全面摸清农村特困户底数的基础上，决定在未开展农村低保制度的地区建立农村特困户救助制度，由此在中国广大的农村地区形成了农村低保制度和农村特困户救助制度"双轨并行"的局面。也正是因为这一创新性的制度安排，为顺利实现"全民低保"目标奠定了坚实的基础。

写作技法积累

修辞手法及其种类

修辞手法，就是通过修饰、调整语句，运用特定的表达形式以提高语言表达作用的方式或方法。

修辞手法的种类很多，内容博杂。主要修辞手法（辞格）共有八种：比喻、比拟、借代、夸张、对偶、排比、设问和反问。

诗歌中的修辞手法有比喻、比拟、借代、夸张、对偶、设问、反问、顶真、起兴等。

文／秦小睦

50岁逐梦也不迟

静下来想想我们的未来：50岁，半百之年的我们开始倒数，期待退休时刻的快点到来；60岁，花甲之年的我们没了工作的负担，游山玩水成为我们晚年的乐趣；70岁，古稀之年的我们步履蹒跚，坐在摇椅上回忆着光辉或平凡的岁月。

运用排比的修辞手法，描绘出大多数人在不同年龄阶段的生活状态。

再看看葡萄牙作家萨拉马戈的人生经历：25岁出版第一本小说未获成功的他50岁时，在时隔二十几年重新开始笔耕不辍的生活；60岁，他才凭借以18世纪的宗教审判隐喻葡萄牙后独裁时代的小说《修道院纪事》成名；而以作品《失明症漫记》获得诺贝尔文学奖时，他已经是76岁的高龄了。

由这些平凡的生活状态，自然引出了葡萄牙作家萨拉马戈的人生，再次运用排比，通过几个年龄段的生活经历表现出了他写作路上的坎坷。

25岁到50岁，这应该是一个作家思想活跃、文笔日臻成熟的阶段，也是非常容易出成绩的阶段。可是，老天却和萨拉马戈开了个大大的玩笑，第一本小说的出版让他由焊工成为作家，可是随后的二十多年却没让他在文学上获得更大的成绩。这二十多年，萨拉马戈开始了新闻报道和戏剧创作的部分，虽然和文字依旧有着紧密的联系，和文学的梦想却有了不小的偏离。

本段交待萨拉马戈的写作之路并非一帆风顺。

或许很多人都认为，萨拉马戈不会再有新的作品问世，更不会获得举世瞩目的成就。可是，萨拉马戈心底怀揣着追逐诺贝尔文学奖的理想，这样的理想从

第四段与第三段紧密联系，由第三段坎坷的经历生发感慨："很多人认为，萨拉马戈不会再有新的作品问世，更不会获得举世瞩目的成就"一句的"可是"使文章发生转折，自然地引出他未曾放弃心中的梦想。

来不曾在他的心底冷却过。当萨拉马戈50岁那年，选择重新以写作为业时，身边的亲友们吓了一大跳。只有一位非常要好的老友鼓励萨拉马戈，"50岁逐梦也不迟，加油吧，伙计。"

《修道院纪事》出版时，这位老友因病去世了，萨拉马戈无比地悲伤。在感叹岁月无情的同时，萨拉马戈更加勤奋地写作，完成了包括《失明症漫记》在内的多部优秀作品。后来，《失明症漫记》获得了诺贝尔文学奖，获奖理由是，"由于他那极富想象力、同情心和颇具反讽意味的作品，我们得以反复重温那一段难以捉摸的历史。"

萨拉马戈获得了姗姗来迟的肯定和荣誉，当然要感谢忠实的读者和诺贝尔文学奖的评委，但是更应该感谢自己50岁开始逐梦的决心。或许正是死亡近在咫尺的可能，才逼得萨拉马戈拼尽全力去爆发，去开拓自己的无限潜力。就像萨拉马戈曾说过："我已经不年轻了，所以每一部新作品的开始，对我来说都是一个挑战。我写的每一本书都有可能是我的绝唱，如果我的最后一部作品不尽人意，那会是很可怕的。"

萨拉马戈给我们的启迪是：如果想成为超级成功人士，哪怕是从50岁开始逐梦也不晚，成功的大门不会轻易关闭。其实，任何人成就一番丰功伟绩，不在于从15岁还是50岁开始逐梦，而在于是否有将梦想进行到底的热情和决心。

第六段对萨拉马戈获得的荣誉进行了分析，分析时紧扣"50岁逐梦"一词。在段尾引用萨拉马戈本人的话，点出文章主旨。

最后一段对文章进行总结，升华了主题，将"50岁逐梦不迟"推广为"将梦想进行到底的热情和决心"，使文章主题再次得到升华。

文章没有过于华丽的语言，用质朴的语句来行文。借由葡萄牙作家萨拉马戈的人生经历告诉我们：无论年龄多大，只要有梦，只要将梦进行到底便会成功。

就连50岁的萨拉马戈都会成功，如今只有15岁的我们，为何不去追梦，为何不去行动呢？

阎思含 ◎ 评

■■■ 知识链接 ■■■

葡萄牙作家若泽·萨拉马戈1922年出生,1947年出版首部小说《寡妇》,1995年获葡萄牙语文学最高奖卡蒙斯奖,1998年获诺贝尔文学奖。萨拉马戈一生创作了数十部小说和其他文学作品,是葡萄牙历史上最伟大的作家。

萨拉马戈2010年6月18日在西班牙加那利群岛的家中去世。葡萄牙外交部宣布,政府决定派飞机前往加那利群岛,将萨拉马戈的遗体接回里斯本,并于里斯本举行葬礼。

萨拉马戈是第一个、也是惟——个获诺贝尔奖的葡萄牙作家,他的作品已经被翻译成30多种语言,销售超过350万册,其中包括中文版的《修道院纪事》和《失明症漫记》(《盲目》)。

写作技法积累

赋比兴

赋比兴是中国古代对于诗歌表现方法的归纳。它是根据《诗经》的创作经验总结出来的。最早的记载见于《周礼·春官》。魏晋南北朝时期的挚虞之言"赋者,敷陈之称也;比者,喻类之言也;兴者,有感之辞也。"来解释赋比兴比较恰当,简单地理解:

赋——是铺陈的意思,对事物直接陈述,不用比喻。叙述事物,极尽铺垫之能。例如:《诗经》中《周南·芣苢》:采采芣苢,薄言采之。采采芣苢,薄言有之。采采芣苢,薄言掇之。采采芣苢,薄言捋之。采采芣苢,薄言袺之。采采芣苢,薄言襭之。

比——就是比喻,以彼物比此物,打比方,举例子。例如:《诗经》中的《卫风·硕人》:手如柔荑,肤如凝脂。领如蝤蛴,齿如瓠犀。

兴——就是联想,触景生情,因物起兴。这种艺术表现手法,是诗歌创作的主要形象化方法,对后世诗歌创作,产生了至深至远的影响。"指桑骂槐",想说B,但先说A,A和B有一定类比的联系,然后从A引入到B。最明显的例子就是:

关关雎鸠,在河之洲;——B。这两只鸟在河中间你追我赶的亲热样子,岂不是正象一对情侣呢?

窈窕淑女,君子好逑。——A。连低等动物都如此,何况我们这些高等动物呢。所以男人啊,看见美女就要挺身而出,宁可犯错,不可放过!述,匹配意思。

所以B的出现,最终是为了表现A的意思。

被三个女人爱着

　　母亲于十年前离我而去。十年来，我总是感到在另一个世界，有一双眼睛在时时向我张望。值得母亲欣慰的是，她的儿媳和孙女正不离左右地陪伴她的儿子在滚滚红尘中行走。

文／沽 酒

爱 钻了牛角尖

她静静地看着熟睡中的他，看得痴痴迷迷的。她是他的女人，曾发誓要疼他一辈子的。可是他就要见不到她了，她正摸出一把锃亮的刀，准备结束自己的生命，在他醒来之前。女人望望刀，又望望男人，忽然淌下了辛酸的眼泪，因为让她活不下去的人正是他。

> 采用倒叙的叙述方法，在读者心中设下悬念。

> 辛酸的眼泪中包含了女人对男人深深的爱与不舍。

当初，她不顾全家人的反对，义无返顾地嫁给了一无所有的他。只要能跟他在一起，日子再难再苦她也不怕。婚后的生活很是窘困，他在外面给人家当小工，她也跟着风里雨里打拼，还时时牵挂着他的冷暖。看得出，男人是那么的依恋她，他需要她这样无私的"给予"，她也默默地享受着这种"给予"的幸福，心里很满足。有时吃着饭，他会突然冒失地问一句："你为啥对我这样好呢？""爱需要理由吗？也许是上辈子欠了你的，注定要我这辈子偿还你。"她涨红着脸嗔责说。看着他感动的样子，她心里甜丝丝的。

> 这幸福的片段令读者感到十分温暖，与后文男人的冷漠形成鲜明的对比。

从什么时候起，这种状况悄然改变了呢？是他渐渐地熬成了包工头以后，腰包鼓了，家里该有的一切都有了，他说话的口气也财大气粗起来。这时候，他开始腻烦她的絮聒，抢白她善意的提醒，继而疏远了她温柔体贴的关心。刚开始的时候，她真的没往心里去，男人嘛，她更愿意他在人前昂首挺胸像个大老爷们儿的样子! 可是后来他开始躲避她, 接着发展到夜不归宿, 有时一连几天不进家。她不得不相信, 他有了外遇。

没有他的日子, 她一天也过不下去。好言相劝, 不管用; 跟他吵闹, 也不管用。她真的不知道该怎么办了。她多么害怕失去他, 生命里没有了爱, 她都不知道自己还能干什么。万般无奈的她开始整天纠缠着他, 甚至在他出外包工的时候, 她也寸步不离地跟着他。在外人看来, 两人依然是非常恩爱的夫妻, 无论他走到哪里, 她都陪伴到哪里, 时不时帮他轻轻掸掉衣衫上的尘土。而实际上, 男人对她已形同陌路, 她这份浓得化不开、推不掉的爱, 已经成了男人的负担。他对她的纠缠很腻烦, 要么板起面孔朝她发着雷霆震怒, 要么干脆对她表现得很淡漠。男人越这样, 她内心越惶惶不安, 越要想方设法地用各种爱的方式纠缠着他, 希望他回心转意。但他好像越来越不像话了, 开始对她冷嘲热讽, 继而提出要跟她离婚, 孩子也不给她。望着他英武的脸突然变得狰狞, 她泪眼汪汪地说: "离婚也好, 孩子不给我也好, 都阻止不了我继续爱你。"

话虽这么说, 心却是寒了, "嗖嗖"地往外冒凉气。她本已受够了他的冷漠, 如今又要将她一脚踢开。她多么爱他, 可除了这份爱的感觉, 她现在什么也没有了! 万念俱灰的她决定孤注一掷, 她早就悄悄地藏了一把锋利的刀, 准备必要的时候死给他看。她本想尽力把这份爱做到极致的, 却慢慢地把自己的人生逼上了绝路。

望着熟睡中的男人, 女人握刀的手不禁微微有些颤抖。刹那间涌上脑海的是新婚时的甜蜜以及眼下的绝情, 这两种感觉如此分明地纠结、搅扰着她绝望的心扉。我情愿无私地"给予", 不奢望你哪怕一丝一毫的"回报", 男人啊男人, 要女人怎样的爱才能捂热你的心呢? 难道天下男人真的都不是个东西么? 她

突出了男人已成为女人生命的一部分, 女人对男人深深的爱, 从侧面表现出了女人的无奈与无助。

外人的眼中所看、所想与他们现实中的关系形成鲜明的对比。

誓言一般的话语, 直接道出了她对他的爱, 感人至深。

细腻地描写出女人纠结的心理, 多种情感交织在一起。

缓缓地举起了刀，痛苦地喃喃着："没有了爱，就让一切都结束吧！"说着心一横，手里的刀用力砍了下去。立刻，有股猩红的液体喷涌出来，溅成了一束诡秘怪异的血花。

出乎意料的是，那把刀却并没有砍向自己，而是砍向了熟睡中的男人，男人没来得及哼一声就一命呜呼了。望着男人血肉模糊的身体，她突然害怕起来：他死了？我怎能忍心对他下手？明明该死掉的是我，怎么却是他呢？他熟睡的样子好可爱，我太爱他了！他应该属于我，我得不到的，谁也甭想得到。即使我对他举起刀子也是因为爱他。一时的愤怒竟让她骤然失去了理智，善恶原本只在一念之间啊。

接下来，一腔悲愤的女人毫不犹豫地打开了墙角的煤气罐要自尽，她泪流满面地说："其实我和你本可以幸福地牵手偕老的，哪知眨眼间竟双双命赴黄泉……"

"啊！不——"一声惊叫之后，她猛地坐了起来。晨光熹微中，男人在身侧鼾声正香。原来是个可怕的梦！女人拍抚着剧烈狂跳的胸脯，长长地嘘出了一口气。她再也不能入睡了，重温起几天前发生的事情，还有点不敢相信它是真实的。那可真的像是一场梦啊！

那天傍晚时候，男人说完要跟她离婚的话，就呼呼地睡熟了。剩下伤心的她越想越是绝望。掏出那把刀，想死给他看。忍住泪又瞅了他一眼，他熟睡的可爱样子令她心如刀割般难舍，就是这最后的一眼让她忽然改变了主意：她缓缓地举起了手中的刀，横下心想：就算死，也要死在一起！

恰在这个时候，男人却醒了。恍惚中他听到了女人的饮泣，一睁眼瞥见举着刀的女人，惊惶地及时伸手把她给抱住了。男人被她疯狂的举动吓傻了，他单腿跪地，一双强壮的胳膊拼尽全力拦着她，嘴里反反复复地说着：你不能死，我不会让你死！

看他这么紧张她，她渐渐地平静了下来，旁敲侧

表现出女人复杂的心理：波澜起伏，惊异、自责、痛苦，一个绝望的女人形象生动地呈现在读者眼前。

故事的结局若是双双命赴黄泉，令人惋惜，悲伤，为读者营造出一种悲凄的氛围。

一个转折，将读者从女人的梦拉回现实，使原本紧张的情绪有所缓解。

"拼尽全力"表现出了男人心中仍深藏着对女人的爱。

最后道出真相，原来男人也一直爱着女人，只是女人的爱，钻了牛角尖。

结尾点明真实的结局，哭声中蕴含更多的是感动。

击地问他：我死了，你不就解脱了？再说了，你怎么断定是我要自尽？而不是想杀你？男人的眼睛突然潮湿了，喃喃着说：不会的，你那么爱我。

不经意的一句话，让女人失声痛哭起来。

要珍惜身边亲人对我们一点一滴的爱，不要以冷漠的态度对待他们。同时我们也需要互相信任，信任父母，信任朋友，这样感情才不会钻牛角尖，才不会将自己一步步逼上悬崖。本文的亮点在于运用倒叙的写法，先写女人的梦，给读者营造一种悲伤的氛围，而后结尾给人的是无尽的感动，他们的爱是那样的感人，细腻的描写也更加突出了他们对对方深深的爱。

卢星元 ◎ 评

知识链接

两条鱼被困在车辙里面，为了生存，两条小鱼彼此用嘴里的湿气来喂对方。这样的情景也许令人感动，但是，这样的生存环境并不是正常的，甚至是无奈。对于鱼儿而言，最理想的情况是，海水终于漫上来，两条鱼也终于要回到属于它们自己的天地，最后，它们，相忘于江湖。在自己最适宜的地方，快乐地生活，忘记对方，也忘记那段相濡以沫的生活。对于人，对于感情或许也是如此吧。相濡以沫，有时是为了生存的必要或是无奈。能够忘记，能够放弃，也是一种幸福。

文／于德北

大　舅

〜〜〜〜〜〜〜〜〜〜〜〜〜〜〜〜

　　屈指算来，大舅离开我已经整整十一个年头了。1998年3月，我因单位工作的需要，往北京驻寨，入京不几日，便接到家里的来信，说大舅已经去世。记得当时，手持电话，半天不会言语，终至泪水婆娑，才在别人的提醒下，把手中的钱交给电话亭，然后一个人茫然于北京街头。

　　在姥姥家，大舅是长子，十几岁便下地干活了。他没有读过书，但支持弟弟妹妹们念书，我的母亲可以高中毕业，我的老舅能够上铁路学校，这些，都有他的功劳。

　　大舅个子高，说话嗓门大，爱笑，一笑的时候，脸显得略有些长。

　　他没有什么其他的本领，就是会种地。成立人民公社后，他在我们村——当时叫小队——当队长，天不亮就敲钟，在队部门口分配活儿，南梁北梁地调拢，心里自然有一杆秤。

　　大舅的身上有农民特别的狡黠，但纵看他的一生，他还是对人公平的、善良的。

　　大舅对我很好。

　　我出生的时候，父亲在北京工作，母亲在老家教书。按农村的习俗，女儿是不能在娘家生孩子的，所以，姥姥虽然心疼姑娘，却没法把母亲接到她的身

　　回忆十一年前大舅离"我们"而去的情形，引起下文。

　　刻画出大舅的性格特点——嗓门大、爱笑。

　　刻画出大舅公正、公平、善良的品质。

边。我和母亲栖身在一间破房子里，房檐处可以看到青天——对此，我没有切身的体会，但是，此时此刻的我，已经迈着坚定的步子，向这个人世挺进了——是大舅用草一处一处地塞严那些缝隙，才使我和母亲不遭受一些风寒之苦。

因为母亲在家中最小，所以，大舅对她也格外地疼爱，她能念到高中，并考上长春的邮电中专——后来因为父亲的关系，没有去念，便是一个佐证。

每年交公粮的日子，是大舅最出风头的时候，他安排队里的车老板子，在马的额头上挂上大红花，鞭杆子上也系着红绸，一袋一袋的粮食码在大车上，大车一溜排下去就是四排。他和车老板们不是坐在车上，而是站在车上，只见他大手一挥，打头的老板子一声清脆的鞭响，整个村子便呈现出一派人欢马呼的丰收景象。

这景象不像是劳力们一年辛苦种出来的，反而好似是大舅的一只大手挥出来的。

我觉得我的大舅真威风。

大舅下地早，结婚也早，据说，年轻时的大舅妈很好，个子和大舅一样，也是高高的，只是大舅的高是——高大；而大舅妈的高是——高挑。

大舅和大舅妈一生有二男六女，共八个孩子，除了大表哥、二表姐继承了他们的"高"的基因，其他几个孩子个子都不高，尤其是最小的表妹，已经不能用"不高"来形容了，大概是和生活困难、营养不良有关。你想，八个孩子，再加上姥姥、姥爷，十二口之家仅靠几个劳力想要挣回口粮，那是十分困难的。

应该是结婚不几年，大舅妈就疯了，这又是家中的极大负担。

我六七岁的时候，亲眼目睹了大舅妈的死，她穿着干净的衣服，躺在漆红的棺材里，痛苦中掺加着解脱般的安详，其状令我至今难忘。

那以后的三十年里，大舅一直未再娶，也有人为

"我"出生时大舅对"我"爱护有加，与前文"大舅对我很好"相照应。

通过对丰收景象的描写，烘托出大舅喜悦的心情，这也是劳动人民最质朴的品性。

大舅家人多，生活困难的情形，促使大舅更努力去工作。

他保媒，可他都一口回绝了。

1970年，父亲从北京调回来，把母亲和我及妹妹带到了长春，大舅十分高兴，在他看来，他终于有一门城里亲戚了，这让不当队长的他又一次在屯邻面前扬眉吐气。他亲自赶车把我们送到车站，站在月台上，把着鞭子目送火车远去，脸上挂着幸福而欣慰的笑。

看到"我们"的回归，大舅露出了微笑。

那以后，大舅每年至少都要进城一次，把家里的不多的粮食分出来——玉米碴子、高粱米、豆、小米给我们送来，以补我们口粮的不足。那时，孩子的户口随母亲，而母亲的户口尚在农村，并未变成所谓的"红本"，所以，在长春，我们一家四口只能吃父亲仅有三十几斤的定量。

冒雪送粮食，体现大舅非常体贴我们。

大舅来的时候，天已经开始下雪了，他戴着狗皮帽子，帽遮上、胡子上都是霜花。

现在想想，他不就是我们的圣诞老人吗？

大舅的孩子，我的表哥、表姐们一个个长大了，娶亲的娶亲，嫁人的嫁人，大舅这一支的族系庞大起来，很快便形成四世同堂的态势。

这时的大舅变得有些"自私"起来。

上世纪70年代末期，老舅也由营城小镇搬到了吉林省，生活也逐渐地好起来，大舅不知出于什么心理，总和老舅吵架，吵架最重要的原因就是——大舅让老舅给他立一张字据，字据上写清，姥爷传下来的家产，他放弃；不但他放弃，他的子孙也要放弃，不能与他及他的子孙来争——老舅是个倔脾气，觉得哥俩立字据是一件丢人的事，他早已答应大舅，所谓的家产由大舅一个人继承，他分毫不取，为什么偏要立字据呢？

写了大舅的转变，以及转变的原因。

大舅要立，老舅不立。老舅越不立，大舅越觉得心里不踏实，觉得老舅心里有鬼，所以，逢年过节，只要他们见面，总要争个脸红脖子粗。可立据的事一直悬而未决。要说感情，大舅和老舅是有的，而且，老舅对大舅非常尊敬，除了不立字据一事，其他什么事都由着大舅，不见面，互相惦心，见了面，又不能一团和气，想必那些年，姥姥也跟他们操了不少心吧？

现在，大舅、老舅都不在了，希望他们在那个世界里不会再争吵了。

大舅走的时候，我因公务缠身不能回去，虽然后来去他的坟上烧过纸钱，但总觉得未能见上最后一面是个遗憾，一晃十年过去了，想到大舅的时候，我的鼻子还会发酸。因为，在我们最困难的时候，我们能切实地从他的身上感受到亲情的温暖。

点明主旨，总结全文，表达了作者对大舅的怀念之情。

作者通过回忆与大舅之间的往事，表达了对大舅的怀念之情。

人不能因为生活富裕，而遗失了人性中最美好的品质，要拥有一颗善良、纯朴的心。我们时时刻刻要懂得感恩，怀着一颗感恩的心，点亮心中最美的光！

张占尧 ◎ 评

▬▬ 知识链接 ▬▬

交公粮的历史渊源有近和远两种情况。

远的要从商鞅变法说起，那时是中国的战国时期，作为法家的商鞅为了实行兼并战争的需要，在秦孝公的支持下在秦国变法。主要内容就是围绕耕战制定政策法规，然后坚决实施。交公粮就是其中一种，秦国民众除了到军队服役的，绝大多数要种粮，而且收成好坏也可以评功受爵。后来的汉也受到此影响，对农民的税收往往是粮食，以后各代沿用，直到不久前。所以有皇粮国税的说法。

近的情况也和战争有关，共和国建立前的武装斗争就在征收公粮用于战争，简单讲就是军粮摊派到每户种粮人手里。但是和前代的不同是革命者发动了土地革命，剥夺了地主的特权，分给更广大的穷人土地。

建国后建立了粮站系统，继续征收公粮。

文/于德北

大 哥

　　这里要说的哥，是指大舅家的表哥。一共两位，一是大哥，长我十四岁；一是老哥，与我同年，长我几月。我和两位表哥的感情极好，从小到大，没有红过一次脸。

　　在大舅的这个家庭里，似乎长子总要比弟弟妹妹多承担一些压力。大哥的情况与大舅相同，也是十几岁就下地充当劳力，为家里挣工分、挣口粮，供弟弟、妹妹们念书。只是，和长辈无法相比，我的几个表姐、表妹一律小学未毕业，只有老哥勉强读到了初中。

　　大哥年轻的时候，好狠斗勇，我曾亲眼目睹他挥舞着锄头，与同村后生欲一决于地头的场景——大概那后生说了大舅的不是——大哥"呼"地一下从地上跳起来，人在原地，锄头却已向那后生的头上勾去，若不是身旁的长辈眼疾手快，一场惨案在所难免。

　　大哥对外不让人，敢和人拼命；对弟弟妹妹都是爱护有加，虽然偶尔也呵斥几句，必是弟弟妹妹做了过分的事情。大哥从小亲见大舅妈的疯症，在她那里得不到什么母爱，所以，对两个姑姑，尤其是我的母亲有着深厚的亲情。母亲和大舅住在一个村子里，对侄子、侄女的照顾也要多一些，大哥就把母亲当做亲娘一样，一生对她的话都是惟命是从。

　　我出生那年，突然得了白喉，这是一种新生儿易

> 小小年纪就下地充当劳力，表现出大哥童年生活的艰辛与当时家庭条件困窘的境况。

> 运用动作描写，生动形象地刻画出大哥愤怒的心情以及他对大舅的爱。

> 揭示了大哥与母亲的关系，为下文大哥对"我"的照顾，和母亲在大哥棺材前失声痛哭埋下伏笔。

患的急症，治疗不及时就会死人。天下着大雨，母亲急成什么似的，是14岁的大哥，打着伞，陪母亲抱着我连夜赶往七里外的火车站，先是到镇卫生所敲门，得知非长春不可治，又乘上最后的一趟客车赶到长春，经医生手术后，保住了我的一条小命。

母亲这辈子常常叨念此事，一次次地叮嘱我，人不可以忘恩。

是呀，人要是忘了恩，还有什么会被他记住呢？

大哥结婚更早！

他结婚的时候，刚刚18岁，而大嫂亦不过19岁，两家互相相看后，就在春天里把婚礼给办了。那时的婚礼简单，打两个大柜，画上花儿；再打一个炕琴，做两床新被褥，空出一间房子糊裱一新，赶上马车把新娘子及送亲的七大姑、八大姨往过一拉，放鞭炮，给毛主席像行礼，新娘往屋一进，大婚即成。有两点记忆不清了，一是过不过彩礼，如果过，过多少？二是吃不吃席，即或吃席，也是非常简单的。

大哥结婚那天的阳光很好，照在土墙上暖洋洋的。

自从我6岁离开村子，几乎年年要回去。小时候，一放寒暑假，必往姥姥家串门，一住就是十天半个月，每次分别都心里犯酸。大哥和大舅没分家时，自然住在大舅家，分家了，就两边混着住，这屋住两天，那屋住两天，如果说得更功利一点，哪边有好吃的东西，就在哪边的时间长一些。上了初中，朦朦胧胧想写文章，回去时，住大哥家的时候就多了，因为大哥家人口少，清静，而大嫂做的饭菜又可口，吃起来感觉格外香。

说起来，大嫂对我也很好，常言讲，老嫂比母，一点不假。我小的时候，年年穿的新鞋是大嫂做的，回乡村里，衣服是大嫂洗，就算是内衣生了虱子，也是她坐在灯下一个一个地捉起来，丢在火盆里烧死。我从小喜欢吃辣椒，大嫂就每年多穿一串或两串红辣

大哥对"我"有救命之恩，所以在"我"长大后，"我们"关系非常要好。

直接揭露了文章要表达的主题之一——人要铭记他人给予的恩情。

大哥一家人待"我"很好，这也是大哥与"我"关系好的原因之一。

从生活中琐碎的细节表现出大嫂对"我"的关心。

椒给我留着, 我去了, 或者有人来长春了, 那辣椒就一定是归我了。

有作家说, 辣椒是穷人的香油。

想想真对呀, 那时日子紧吧, 是辣椒成就了我的美味世界。

以辣椒为载体, 表面上说是辣椒成就"我"的美味世界, 实际上是源于大哥一家人, 表达"我"对大哥的感激之情。

大哥爱喝酒, 等我上班了, 也会喝酒了, 我们成了地地道道的"酒友"。为了喝酒, 但凡有下乡的机会, 我一律不会放过; 而一赶到农闲, 大哥总要进城几日——先求老姑备菜四味, 再约老弟喝酒两瓶——往往尽兴而归。母亲还是喜欢他的, 他每次来, 享受的待遇几乎和大舅一样高了。

写出"我"和大哥深厚的感情, 两人是名副其实的"酒友"。

要是我回村里, 哥俩就更自由了, 炕桌一放, 酒盅一拿, 定要喝个昏天黑地, 夏天简单些, 但不失丰盛, 菜园子里有的是新鲜蔬菜, 随吃随摘, 用井水一洗, 清脆凉快, 黄瓜、辣椒、香菜、生菜、臭菜、白菜、葱, 应有尽有, 样样都是最好的下酒菜。所谓的冬天复杂些, 是指着一定要动火, 用黄豆换来大豆腐, 炸一碗红辣椒酱, 白菜熬土豆、毛葱炒鸡蛋、白糖拌萝卜, 哪样儿放在那里都让人流口水。

就这样一晃几十年过去了。

2009年的冬天, 身体一向壮实的大哥突然来长春看病, 他十几天不能进米, 亦无法排泄, 经查, 是胃癌晚期。原来以为还有希望, 千般动员他上了手术台, 可打开一看, 腹腔内已经长满黄豆粒般大小的毒瘤。大哥是聪明人, 在医院躺了十天, 说什么也要出院回家, 在家里熬过一个多月, 终于离世而去。

死前他做了两件事, 一是把儿女为他看病的钱还给儿女; 一是告诉大嫂, 他因赌牌, 欠下屯邻某某一千元钱, 嘱咐大嫂当面还清。如果说还有什么, 他要求看看棺材, 看了之后很满意。

知道自己的病无法救治, 大哥便提前出院, 不想麻烦"我", 侧面表现出大哥对"我"的爱。

大哥死了, 我和母亲还有妹夫起早赶回村里, 母亲见了棺材就哭成了泪人, 是在众人的搀扶下才进了里屋, 我给大哥磕了三个头, 烧了一沓纸钱。他住院的时候，我告诉他，给他一包"软中华"，前一天的夜竟鬼使神差地给我揣在了口袋里，我把烟放在他的棺材前，眼里尽是他的音容笑貌——只是，无论多么新鲜的音容笑貌，都在我的泪水里变得模糊起来。

以"我"的泪水作为文章结尾，表现"我"对大哥的怀念。

　　本文为我们描绘了一个憨厚朴实的大哥形象，以大哥的成长经历为线索，以"我"的视角来叙事。文章没有华丽的辞藻，却将感情融于字里行间，行云流水般地表达出来。本文表达了作者对大哥的感恩之情以及对大哥的追忆。

刁卓 ◎ 评

知识链接

　　白喉是由白喉杆菌引起的急性呼吸道传染病，以咽、喉等处黏膜充血、肿胀并有灰白色伪膜成为突出临床特征，严重者可引起心肌炎与末梢神经麻痹。白喉属中医学温病范畴，中医文献中的"喉痹""喉风""锁喉风""白蚁疮""白缠喉""白喉风"等包括本病。本病呈世界性分布，四季均可发病，以秋季冬季较多。我国广泛推行白喉类毒素接种，发病率、死亡率显著降低。现仅在未进行免疫接种或免疫不完全的人群中偶然散发。

文／沽 酒

手腕上的茑萝花

闫妮是牵手酒吧里的常客。她特别能喝，经常梗着脖子跟我们飙酒，人送绰号：女酒篓子，其狂饮的豪情可见一斑。独自端杯凝神时，总见她烟不离口，氤氲的烟雾模糊了那张如花的容颜；更多时候，是跟几位相熟的朋友喝到兴起，吆五喝六地划拳，嚷起来比大老爷们儿的嗓门都高。比划赢了，哈哈一笑骂声"你手真臭"；比划输了，一仰脖儿大酒杯子就见了底，特爽快！

时间长了我发现，无论冬夏寒暑，她都穿一件长袖衬衫，袖口扣得严严实实的。听朋友讲，这个女子一根筋，轴得厉害，曾经看上个男的，处了一段时间之后，男的移情别恋了，她一时想不开就要割腕殉情。得亏被人发现得早，才没枉送了性命。知道这事以后，她再主动跟我攀酒，我就加了小心，不敢再像以前那样跟她黏糊了，怕再闹出个好歹来，惹事儿上身。可在牵手酒吧里，除了见她穿梭似的到处找人飙酒，倒也没有任何出格的事情发生。

一天，酒吧里来了一对恋人，两人亲亲热热地刚要坐下，冷不防就见闫妮端着杯酒凑了过来。那个男的瞅见是她，立刻变了脸色，拉起女的抽身想走。说时迟那时快，只见闫妮飞快地一扬手，杯中的酒兜头泼了过去，扬了那人一头一脸。女的不明白，还想跟

本文标题独特新颖，耐人寻味，"手腕上的茑萝花"为全文设置了悬念，吸引读者眼球，直到文章最后才将悬念解开，令人恍然大悟。

开篇勾勒出了一个性格豪爽、气度不凡的女子形象。

巧妙揭示出她不平常的人生经历。

闫妮理论，男的不由分说，拉着女友就往外跑。闫妮追着高声叫骂了几句，回头得意地哈哈狂笑着，对我说，哈，终于出了一口恶气！来，哥们儿，今天咱痛饮它三百杯，谁不醉谁是孙子！她喝得很猛，无意中杯子里的酒顺着手指流下来，淌进她的手腕处。许是她真的有些醉了，许是嫌袖子箍得不舒服，就很痛快地把袖口解了，袖子挽得高高的。我一眼瞥见闫妮的左手腕上，蚯蚓似的趴着两条触目惊心的疤痕！她一杯接一杯地往嘴里猛灌，后来就再也控制不住了，扑在吧台上失声痛哭起来。

我们几个跟她相熟的朋友面面相觑，不知道该怎么办，悄声商量着是不是要将她送回家去。正没结果呢，只十几分钟光景，谁知闫妮已经抹干眼角，没事儿人一般走了过来。她到处找人碰杯，很快又谈笑风生了，让人怀疑刚才哭泣的人根本不是她。这究竟是个什么样的女子？

体现出闫妮是个易伤情的女子，但她骨子里却透着坚强。

这时候，大厅里忽然一阵乱嚷。原来，一个刚刚失恋的男人，手拿一瓶安眠药，在酒吧里叫嚣着要自杀。众人七嘴八舌纷纷解劝，怎奈好话说了三千六，仍不见他回心转意。大家正没辙呢，闫妮过来了，她云朵似的飘到男人身边，客气地一伸手，嘴上说说哥们儿，交个朋友。不等男人反应过来，那只手一个上翻扬起来，狠狠地抽了他一个响亮的嘴巴！男人本来委屈得要寻死觅活，这下就光剩下气愤了。

闫妮撸起袖子，露出左手腕那一圈触目惊心的伤疤给男人看。然后坐到男人对面，开始了喋喋不休的唠叨：你吃那药没用，吃上一斤，顶多吃成个植物人。我这割腕也不行，割腕咽气特慢，这事我有经验。咱接着想别的招儿。

写出了自己想过许多死法，却总是放不下那对生的牵挂。通过劝阻别人，闫妮也领悟了生命的真谛。

跳楼也不好，你得先选择好楼层。太低了，摔成截瘫死不成活受罪；太高了，骨架子都摔散了还得别人用塑料布兜起来。

开煤气不行，现在都用天然气，没毒。

跳河吧，死了以后早晚得浮起来，泡成个难看的大胖子，一准衣服早冲没了，一丝不挂给上千人展览。不过也算落个全尸，你爹妈认你的时候恐怕有点难度，如果你身上有胎记那就好办了。

　　要死就死利索点，别让二老牵挂。其实也没什么，看你这年纪，用不了多久，你们全家在那边就又见面了，有照相馆的话还能拍全家福。别担心那些惦记你的人，你死你的，他们伤心活该，真有放不下的，绝对过去投奔你去。你在那边买房，记着面积大点房间多点，不然住不下。别哭，真正伤心的人都不掉眼泪，讲究的就是一个麻木。……

　　男人先是瞪着俩大眼睛听，后来就龇牙咧嘴的，最后往嘴里猛灌了几口酒，抬腿走人了，连单都忘了买。

　　三言两语平息了一场风波，那小子得救了。我在边上看着那叫一个爽啊，钦佩的目光一直打量着闫妮，头一回发现她竟然那么耐看。我特意叫了瓶伏特加，犒赏般对她说，救人一命，胜造七级浮屠。你今天功德无量啊，干！闫妮与我连碰数杯，喃喃地问："我刚才……是不是特傻？"我呵呵一乐："不是特傻，就一般的傻。"

　　此后很久，酒吧里竟不见了闫妮的影子，大伙挺纳闷的，都打听她。忽一日，接到一张大红请柬，原来她要跟人结婚了。婚礼那天，我们几个相熟的朋友都去了，看见穿上洁白婚纱的闫妮，平添了许多婀娜的风韵，有一种凤凰涅槃的美艳。我特别留意到，她那天穿的是一袭短袖婚纱，左手腕上扎了一圈宽宽的金丝缎带，上边别着一对小巧的茑萝花，真好看。

　　闫妮领悟了什么是生命，她内心的创伤已不需要用酒去麻醉，她用一段新的感情去填补了过去的创伤。茑萝花是新感情的象征，手腕的伤疤是旧的创伤，结尾处表现出她已走出阴霾，重新领悟生命，开始了新的生活。

标题传神, 开篇勾勒出一个性格豪爽、气度不凡的女子形象, 带人走入一个有着不寻常经历的女人世界里, 让我们感受颇多。

幸与不幸的区别是什么? 李教讲过, 不幸对人来说有两种, 一种是外在的环境, 一种是内心的矛盾、困惑。外在的东西很多时候是无法改变的, 只有内心强大才会战胜困境。通过劝说自杀男子, 让闫妮更进一步认清了自己过去那种迷茫的心理, 也认清了世界对于她自身的重要。

管钧天 ◎ 评

知识链接

莺萝花是一年生缠绕草本, 原产美洲热带地区、墨西哥及印尼, 现分布于我国各地, 又名羽叶莺萝、绕龙草、游龙草、锦屏封、五角星花、莺萝松。莺萝可入药, 具有清热消肿功效, 能治耳疗、痔瘘等。

莺萝用种子繁殖。每年可在10月末11月初采收种子, 翌年春4月播种, 一周后可发芽, 苗生3~4片叶时定植, 苗太大时移植不容易成活。莺萝成熟时, 种子会自然裂开, 自播繁殖。莺萝生命力强, 适应性好, 一般没有什么病虫害。

文／李凤臣

被三个女人爱着

这是一个让人浮想联翩，有香艳味道的题目。遗憾的是本人至今仍固守原有的生活，面对滚滚红尘中色彩斑斓的种种诱惑，诸如感情走私、行为越轨、红杏出墙之类的奢念，与自己尚不搭界。不是说我有多么深的定力，也不是说在异性的盘面上缺少绩优股的强势和潜质。我的情感地已被三个女人挤占得满满当当，已容不得她人涉足其间。这是我生命中最重要的三个女人。她们是我的母亲、妻子和女儿。

在我们兄妹六人中我排行老六。母亲在近四十岁时生下我，可谓老来得子，就疼爱得不行。当时在我们的八口之家中，我是时常吃小灶的。所谓小灶，无非是灶坑里埋着的一只烧鸡蛋，果树上最先红透的几个沙果，以及架上第一茬黄瓜，母亲都悄悄地留给我独享。忘不了，当我从连队调往农场机关，和从农场赴哈尔滨上学前夕，母亲那哀哀的眼神和溢满眼角的泪水。儿时母亲悄悄塞进我书包的沙果、黄瓜和烧鸡蛋让我至今唇齿留香。

是上帝的眷顾吧。我时常在心里庆幸自己的幸运。自幼在母亲的呵护下，直到我离开母亲去场部机关工作，这之前，我连袜子和手帕都不曾洗过。结婚后，家里买菜做饭、换煤气罐、缝补浆洗一应杂务，妻子从不让我插手。在家里我成了一个十足的甩手先

文章题目吸引读者眼球。在开篇对文题进行了诠释，解开悬念。

开篇点明文章题目中"三个女人"所指。

回忆儿时时光，叙述母亲对"我"的"偏心"，体现浓浓的母爱。

由母亲自然地过渡到了妻子，引出下文妻子对我的"严厉管教"。

生。总在想，是上帝派这个女人来接母亲的班呢。又想，你官位不高，又无钱财，何德何能让一位形象姣好的艺术学院女教师孩子般地宠爱着。寡人有愧呵。

由于母亲自幼的娇纵，粗糙、散漫的德行贯穿在我生活的每一个细节中。婚后不久我就在心细如发的妻子面前露出了狐狸尾巴。面对这样一个没心没肺的男人，真是给领导添麻烦了。而这小女子偏偏知难而上，秉公执法，锱铢必究。于是我的诸如：洗脸不洗脖子，刷碗不用毛巾擦干，水淋淋地扔进碗橱，一年丢掉三部手机，每条裤子都有烟头烧出的窟窿等种种劣迹，便在妻子旷日持久、锲而不舍的唠叨中一一惨遭修理。嗟乎，做男人难，做纪律严明的女人的男人更难。你就如同一把江米，一旦给包成粽子，有女人这重重粽叶的裹束，活得那叫一个憋闷。可渐渐的，粽叶的清香、甘美也会润物无声地将你浸透，你的心里便充满了甜蜜和芬芳。这是霸道的爱、芬芳的爱，让你痛并快乐着。

每年春秋换季时节我都要生病的。依着我懒惰的性格，忍一忍就过去了。可妻子决不答应，并且每次生病都亲自领我去医院，哪怕是头痛脑热的小感冒。医院里，妻子牵着我的手，挂号、问诊、验血、取药，楼上楼下地忙碌着。这让我很别扭。一个近五十的大男人还要让妻子孩子似的牵领着。这情形引来周围人种种异样的目光。那目光我读得懂。他们势必在想：这个男人不是重症患者就是智障。我几欲从妻子掌中抽出手，妻子反而攥得更紧。并示威地高昂了头，皮鞋跟在医院走廊的地板上叩出一路脆响。尴尬之余，心中便有一条甜蜜的小河流过——有美女的陪伴，我的病已好了大半呢。

妻子对我生活中的种种毛病严加管束，绝不姑息。对我与朋友们的应酬、聚会却网开一面。从不责难，而我的女儿恰恰相反，我的常常深夜不归让她耿耿于怀。从打女儿懂事起就养成了一个习惯，每次外

——列举自己的恶习，表面看似是无奈地"惨遭修理"，实则处处洋溢着被妻子"管教"时的幸福。

用了比喻的修辞手法，将自己比作粽子，妻子比作粽叶，形象生动地写出妻子对"我"的管束。

从管束到关心，从霸道的爱变成无微不至的关心呵护。

出应酬，不管多晚，我不归家就不睡觉。她是在担心爸爸喝多了酒，或是路上遇上了歹徒。随着年龄的增长，女儿对我的担心进入了更深的层次。记得还在女儿上小学的时候，一次，陪外地来的几位作家朋友喝完了酒，又打了几圈麻将，就一夜未归。次日早晨回到家后，女儿围着我走了一圈，之后眼睛盯着我对妻子说，瞧你老公，居然敢夜不归宿了。妻说，他不在家正好，省去我多少麻烦。糊涂呵。女儿说，妈你平时尽管些鸡毛蒜皮的小事儿，你知道我爸昨晚跟谁在一起呀？对你爸还不放心？现在的男人谁说得准呢？说得我和妻子一愣一愣的。这小妮子刚刚十岁就有了哲学家的头脑，就懂得抓大放小的道理。

　　我的吸烟也成了女儿一块心病。她先是晓之以理，动之以情地规劝，不果，又威胁加恐吓，用尽种种手段劝我戒烟，怎奈本人意志薄弱，总是与香烟难以割舍。不过有女儿约束，烟量毕竟在逐步消减。

　　母亲于十年前离我而去。十年来，我总是感到在另一个世界，有一双眼睛在时时向我张望。值得母亲欣慰的是，她的儿媳和孙女正不离左右地陪伴她的儿子在滚滚红尘中行走。一个男人的一生中能得到三位女性的呵护，夫复何求？有母性的阳光为你驱赶人世间的风霜雪雨，你该是一个最幸福的男人啊！

女儿担心"我"喝多，是怕"我"发生意外，表现出女儿对"我"的关心。

讲述女儿为了让"我"戒烟，用尽一切办法，更体现女儿对"我"细腻的爱。

结尾总结全文，画龙点睛，突出"被三个女人爱着"的幸福。

一、全文分为三部分

首先是母亲的偏爱，再是妻子霸道又无微不至的爱，最后是女儿细腻的爱。

三种爱过渡分明，紧扣主题，使读者为之动容。作者将爱再次用细腻的笔法展现出来，是一篇歌颂亲情、爱情的佳作。

二、语言风格

语言细致入微、朴素亲切，生动再现爱的画面，幽默诙谐的描写生动传神。

任灵茜 ◎ 评

=== **知识链接** ===

花红 (学名: Malus asiatica)，又名沙果 (河北)、文林郎果 (本草纲目)、林檎 (河北习见树木图说)，是蔷薇科苹果属的植物，落叶小乔木，叶卵形或椭圆形，顶端骤尖，边缘有极细锯齿。春夏之交开花，在枝顶伞形排列，花梗、花萼均有茸毛，花蕾时红色，开后色褪而带红晕。果实秋成熟，扁圆形，直径4～5厘米，黄或红色。普遍分布于中国内地的黄河和长江流域一带，生长于海拔50米至1～300米的地区，常生长在山坡、平地和山谷梯田边，生食味似苹果，变种颇多，可用嫁接、播种、分株等法繁殖，是中国的特有植物。

品质优良的东方种类有中国花红(M.spectabilis)、西伯利亚花红(M. baccata，即山荆子)、三叶海棠(M.sieboldii)、日本花红(M.floribunda，即多花海棠)。著名的美洲种类有野香海棠(M.coronaria)、俄勒冈海棠(M.fusca)、草原海棠(M.ioensis，即爱荷华海棠)及南方海棠(M.angustifolia，即窄叶海棠)。

最艳丽的花红是日本花红的杂交后代，属于最优良、耐寒的、矮型观赏树之一。许多品种具芳香的大型重瓣花及可保存到冬季的艳丽的果实。东方花红及美洲花红的某些栽培品种易患雪松苹果锈病、苹果黑星病和火疫病，但已培养出能耐受或抵抗这些疾病的品种。

文/沽 酒

向一对喜鹊忏悔

小王在一家选矿厂上班，他的工作场所坐落在草木繁茂的山沟里，附近有一棵高大的白杨树。工作之余，小王和工友们经常坐在树下闲聊、休憩。

这天中午，几个人正坐在杨树下吃午饭，小王突然感觉后脑勺被一个尖锐的东西"啄"了一下，疼得他大叫一声跌倒在地，抬手一摸脑袋，后面肿起了一个大包。旁边的工友大喊：呀，是灰喜鹊叨你！等小王扭头望去，两只鸟影已翩然掠进了白杨树冠浓密的枝叶丛中。

从那以后，小王隔三差五就会遭到灰喜鹊的偷袭。无论他是走在路上还是坐在树下，只要稍不防备，就有可能被攻击，头顶、脖子、脸上，只要是裸露的地方，喜鹊逮住哪儿就在哪儿下嘴。他只好一天到晚头戴安全帽防护，连吃饭、走路也不敢摘下。有好多次，两只灰喜鹊箭一般飞下来搞突袭，却发现无从下口，只好悻悻地飞回去。

恰逢一年中天气最热的七八月份，别人都裸着脑袋图凉快，惟独小王享受不了这福分，弄得他好不烦恼。有个工友替小王打抱不平，帮他出主意说，咱们捅了喜鹊窝，看它还叨人不？他找来一根长竹竿，主动爬上了白杨树，由于喜鹊窝搭得比较高且牢固，他费力地捅了十几下，只捅下来几根枯枝。偶一仰头，发现

交待事件发生的背景，"白杨"为后文喜鹊的出现作铺垫。

开篇设置悬念，小王的"倒霉"经历引起读者阅读的兴趣。

通过细节描写刻画出灰喜鹊攻击小王的执著形象，同时也加深了人们心中的疑问。

那两只灰喜鹊立在枝头正冷眼斜睨着他，当下心头一凛，赶紧作罢。出乎意料的事情发生在当天中午，这个工友端着饭盒正在树下吃饭，一只灰喜鹊忽然从他头顶掠过，"啪"的一声，一摊鸟屎不偏不倚恰好落进了他的饭盒里。这下，工友们再也不敢打灰喜鹊的坏主意了。

说来也怪，小王每次都遭袭，可与他相邻而坐的工友们却安然无恙，灰喜鹊好像认准了只跟小王过不去。无奈的小王只好加强防御，每天全副武装、提心吊胆的。几个月后的一天，他去厂区上厕所，一时疏忽忘了戴安全帽，脑袋上竟又被狠狠地"叨"了一下。没想到大半年时间过去了，灰喜鹊还不肯放过他。小王百思不得其解，这对扁毛畜生咋就跟自己坐下仇了？

俗话说，冤家宜解不宜结。这一天，他告了假专门去市动物园找到一位研究鸟类的专家，请他给自己支个招，希望早点化解这段恩怨。专家表示，灰喜鹊属益鸟，常见于田间、山麓、住宅旁及风景区的稀疏树林中，和百灵、画眉、黄雀等相比，算是一种凶猛且极具攻击性的鸟类，但易驯熟，与人极亲近且能较好地领会人的意思。它一般不会无端袭击人，除非它们在筑巢或孵化幼鸟时受到人类的威胁。像小王这样，被灰喜鹊如此"寻仇"的事儿比较罕见，所以专家一再追问，鸟儿其实也有爱恨情仇的，你是不是做过什么事儿，得罪这对灰喜鹊了？不然，它们咋能与你结怨呢？

专家这么一问，小王像突然想起了什么，脸色唰地一下就变了。他长叹一声，不瞒您说，我是做过一件亏心事啊。原来，今年4月份的一天，小王在杨树底下休息时，发现地上有一只幼鸟。这只幼鸟羽毛还没长全，呱呱地叫着，可能是刚从窝里掉下来的。小王一时心血来潮，想知道它会不会游泳，就捧着它走到旁边的水塘，把小家伙放进了水里。只见它在水中扑棱着惨叫了两声，就被淹死了。原来，这只幼鸟就是小灰喜鹊！小王哪里知道，这一幕恰被及时赶回来的灰喜鹊

通过一段小插曲来展现灰喜鹊的过人智慧。

通过时间之久来表现灰喜鹊对小王的恨意之深。

通过专家介绍，让读者了解到了灰喜鹊的特点，也使小王找到了答案。

爸妈看在眼里,它们在高高的杨树枝上凄厉地哀鸣了好久。他更没料到,这大半年来,一对灰喜鹊会认准他这个杀"儿"凶手,频频找他复仇。

　　从专家处归来,小王躺在床上思忖了很久,他特别懊悔当初的行为。我将它们的孩子淹死了,杀子之仇不共戴天啊!小王决心向这一对灰喜鹊真诚地忏悔。

揭示谜底,令读者恍然大悟,灰喜鹊长时间啄小王原来是为了报仇!

　　几天后,那棵白杨树上多了几只木制的鸟笼子,外形美观、用材扎实,可以为许多鸟儿遮风挡雨,供它们栖息安身。这都是小王亲手制作的。他还常常爬到树上定期给鸟笼里放一些饭粒、馍屑之类的食物。知底细的工友感慨地说,瞧瞧,小王如今还真把灰喜鹊当亲人供着了,是不是打算要为它们养老送终呀?可接下来的事儿,更令他们惊讶了:小王从此再不戴安全帽防护了,任凭那两只灰喜鹊怎样突袭"啄"他,都忍着疼痛毫无怨言。工友们开始有些不解,后来就不禁对他肃然起敬了。

　　假如这样能让我们之间的仇怨逐渐化解的话,我被它们啄多少下都心甘情愿!小王诚恳地说,我不指望它们彻底原谅我,只求自己的余生能够心安!我还要以这样的方式告诫同龄人,善待身边的每一个小生灵吧,它们也是平等、有尊严的。让我们相互尊重、和谐共处,因为天地间的每一个生命,都有快乐地活着的权利!

面对自己曾经犯下的过失,小王并没有逃避,而是希望用自己的行动来化解怨恨,令人敬佩。

点 评

　　本文文笔朴素自然,为读者讲述了一个令人震撼的故事。工人小王因溺死了灰喜鹊的幼鸟而遭到报复,随着文章情节的发展,使读者和小王一样从最初的不解到惭愧,最后去坦诚面对过失,用行动向灰喜鹊忏悔。透过故事揭示道理:喜鹊也有生命,凡是生命就应该平等共处,我们没有权利因一己之私而破坏其他生灵快乐生活的权利,作者借此发出呼吁:善待身边的每一个生灵,让我们相互尊重、和谐共处!

朱长盛 ◎ 评

■■■ 知识链接 ■■■

喜鹊是适应能力比较强的鸟类，在山区、平原都有栖息，无论是荒野、农田、郊区还是城市都能看到它们的身影。但是一个普遍规律是人类活动越多的地方，喜鹊种群的数量往往也就越多，而在人迹罕至的密林中则难见该物种的身影。喜鹊常结成大群成对活动，白天在旷野农田觅食，夜间在高大乔木的顶端栖息。喜鹊是很有人缘的鸟类之一，喜欢把巢筑在民宅旁的大树上，在居民点附近活动。

写作技法积累

白描、白描手法的特点与运用注意事项

白描泛指文学创作上的一种表现手法，即使用简练的笔墨，不加烘托，刻画出鲜明生动的形象。

白描手法的三个特点：

1. 不写背景，只突出主体。通过抓住人物特征的肖像描写或人物简短对话，将人物的性格突现出来。

2. 不求细致，只求传神。由于白描勾勒没有其它修饰性描写的烦扰，故作者能将精力集中于描写人物的特征，往往用几句话，几个动作，就能画龙点睛地揭示人物的精神世界，收到以少胜多，以"形"传"神"、形神兼备的艺术效果。

3. 不尚华丽，务求朴实。优秀的文艺作品之所以感人，就在于作者抒发的是真实感情；感情愈真淳，愈能震撼读者的心灵。

文／李凤臣

愤怒的鼻子

不知从什么时候起，我的鼻子出了问题。原本修长挺阔，玉树临风般耸立于五官显赫位置的它，近来居然一副软塌塌、泪叽叽的邋遢相。还时常于大庭广众前制造出种种极其不雅的声响。按医生的说法，叫过敏性鼻炎。

妻子说，去查查过敏源，该不是花粉过敏吧？此言羞矣。一个一向怜香惜玉，与蜜蜂同好的男人怎么会和花啊草的过不去，太缺乏想象力。

病根在哪儿，自己最明白。本是丫头命，却生就一副小姐身。生长于冰天雪地之境的我，偏偏耐不得风寒，一不留神，不知哪股邪风乘虚而入，把我可爱的鼻子拿下了。一遇冷空气，鼻涕眼泪便呈江河泛滥之势，擤之不尽，流之不绝，一会儿，纸篓里便隆起一座纸山。难以想象，我瘦小的身体里居然有如此丰富的水资源。

难挨的要数夜里。躺在床上，鼻孔里如塞了棉花，呼吸不畅。侧过身，上边的鼻孔疏通，又堵了下边的，再侧身，另一边又受阻。我只好像烈日下的狗，沙滩上的鱼，张开嘴巴呼吸。其结果，往往半夜憋醒，口腔上下风干得粘在一起，几乎窒息。真是没有人的活路了。还时常在静夜里爆发出响亮的喷嚏。一嚏惊醒梦中人。揉着睡眼的妻子以为在打雷。不是我有意扰

本文开篇新颖独到，语言幽默生动，直接又巧妙地引出下文。

作者的想象力实在丰富，在文中较多运用了鲜活形象的比喻手法，将其在鼻炎这段"非常时期"的具体表现描绘出来展现在大家眼前，淋漓尽致又充满"冷幽默"，很有创意。

民，是我的鼻子向我发出严正警告了。实在不忍让本就神经衰弱的妻子再受惊扰。睡眠不足，女人会衰老的。好在女儿已去外地工作。一商量，妻子搬到了女儿的房间。瞅瞅，这可恶的鼻子，几十年的恩爱夫妻，生生给它整分居了。

为了我的鼻子，妻子开始四处寻医问药。口服的、外敷的、喷洒的，皆称纯生物制药，无毒无副作用。一吃就好，一喷就灵。——用过后，我依旧喷嚏连连，泪眼汪汪。锲而不舍的妻子从广告上又发现一则鼻炎患者的福音，叫做什么等离子，激光红外线无痛手术，"十分钟就可根治你的鼻炎"。你不能不佩服高科技的手段，只需十分钟，就将与长期困扰我的顽疾拜拜了。

交上几百元钱，被固定在椅子上。身材魁梧的白大褂不知从哪儿提起一把类似焊枪的家伙，让我想起王刚的小品《拔牙》，不禁心生恐惧。"别动！"焊枪已长驱直入，直捣鼻孔。一番鼓捣，一股燎猪毛的焦煳味儿徐徐漫出，瘫在椅子上的我已然一身冷汗。直到手术结束，鼻子里塞满药棉花，出窍的灵魂才慢慢回归我的躯壳。

不是恶意贬损高科技，实在是"想说爱你不是件容易事，那需要太多的勇气"。然而，如同难以攻克的科研难题，我的鼻涕眼泪依然不屈不挠，涌流不止。花几百元钱事小，这不争气的鼻子让高科技如此没面子事大啊。从此，我拒绝一切治疗。见我整日苦巴巴，泪叽叽，一副苦大仇深的模样，妻子十分严肃地向我陈述不治的后果"发展下去，轻则嗅觉失灵，记忆力减退，重则哮喘、病变……

你不能不佩服女人的执著和耐力。未征得我的同意，妻子又悄悄从网上为我购来一种叫做"强效鼻炎灵"的药物。说得好，第一个疗程免费试用，如见效再接续下一个疗程。蛮人性化的。药已摆在面前，吃吧。全当含糖球了。

作者运用诙谐幽默的语言将运用高科技治疗鼻炎的过程生动形象地展现出来，讽刺味十足。

"小病"转"大病"，一种接一种的"有效"药物接踵而至，多项高超的医学手段纷至沓来，仅仅是几天的时间，病症"恶魔"再次光临。作者用些许辛辣的文笔，把他在生病期间所遭的罪和所受的"歧视"生动地展现出来。

出乎意料的是，几天下来，我的鼻涕眼泪居然消失了，夜里也能呼吸顺畅地睡个安稳觉了。大喜过望的我，抓起电话打给生产此药的那个省（在此就不提是哪了）的朋友，一个刊社的老总："都说贵省以生产假冒伪劣产品闻名全国。实在冤枉，兄弟要为贵省正名了。"老总十分得意，说"流言不可信，日久见人心呢。"

何须日久，第二个疗程刚刚开始，"强力鼻炎灵"便在我这儿失灵了。一千元钱再次打了水漂。再与老总朋友通电话，心地善良的我绝对回避鼻子的话题。我不知该为贵省正名还是为流言正名。但我这副鼻涕拉碴的尊容却难以回避大庭广众。

公交车上，一个汹涌澎湃的喷嚏会招来许多白眼。据说一个喷嚏会产生一亿只细菌。那一双双愤怒的眼睛像要把我扔出车窗去。非常时期，我成了传播甲流的害群之马。

——列举作者受鼻炎困扰的窘状，为下文揭示病因作铺垫。

会议室里，一种不和谐之音让台上的领导皱眉。我的愁苦的脸，委屈的泪，以及鼻子里不时发出的怨怒的哼叽声，实在与莺歌燕舞的大好形势相抵触，分明是一个仇视现实的异己分子。

痛定思痛，悔不该当初不听从妻子的哼哼教导，大冬天装猛耍漂，不戴帽子不穿棉裤，美丽战胜严寒。不然我可爱的鼻子怎能遭此劫难。

人的身体就如同一台机器，不精心呵护，哪一个部件出了问题都会影响正常运转。就像人与大自然，你伤害了它，它就会愤怒，就会报复。洪水、地震、山体滑坡、土地沙化……呜呼，受伤的是它，遭罪的是你。

文章最后揭开了患"鼻炎"的悬念，同时恰到好处地引出"保护身体更要保护自然"的主题，使文章主题得到升华。

一个独特的标题，引出了精彩的内文。这篇文章有很多亮点，总结为两点：

一、语言风格独特幽默

从全文来看，作者驾驭语言的能力很强，写"得病"一事不落窠臼，"丫头命，小姐身""一嚏惊醒梦中人"，作者大胆、辛辣的写作风格是本文的特色之一。

二、写作本文源于真情实感

写文章忌讲空话，忌无病呻吟。这篇文章中作者的确"得了病"，但也是写真话叙真事。结尾引出了"爱护环境"，引人思考，点明主旨，双管齐下，入木三分。

文章体现了作者新颖且有深度的思考和扎实的语言功底，实为难得，实为精彩。

林奕彤 ◎ 评

知识链接

　　鼻 (nose) 是呼吸道的起始部分，能净化吸入的空气并调节其温度和湿度。它是最重要的嗅觉器官，还可辅助发音。鼻包括外鼻、鼻腔和鼻旁窦 (鼻窦) 三部分。鼻的骨架由上侧及外侧的软骨组成。在鼻腔的上方、上后方和两旁，有左右成对的四对鼻窦环绕，鼻腔和鼻窦位于颅前窝、颅中窝、口腔及眼眶之间，相互之间，仅一层薄骨板相隔，故严重的鼻外伤可伴发其周围结构的外伤，鼻部疾病亦可向邻近器官扩散。

文／于德北

老哥的追求

我要说的老哥，也是大舅家的。

我俩同龄，所以，小的时候厮混得最多。从南梁到北梁，从河沿儿到甸子，放马、放猪、挖野菜、捡柴火、扦蛤蟆、捉蝈蝈，无论是生活技能还是玩耍技巧，他样样比我都强。就是掏家雀吧，围着房子绕一圈，他就知道哪儿有雀窝，雀窝里是有鸟蛋，还是有幼鸟；还有，下大雨的天气，他会一个人突然跑出去，钻到壕沟边的柳树林子里，东钻西钻，然后浑身透湿着跑回来，把一只"瞎老叶子"扣在我的手里。

"瞎老叶子"是一种体形较小的鸟儿，我不知道学名，只知道它的"诨号"。

老哥和我一样，从小一直念书，从小学念到初中，初中并未完全毕业，他就辍学了，问题出在一切"理科"上，他在数学、物理、化学这三科上几乎不能拿分。加之不会外语，考高中是万万不能了。他很悲伤，特意到城里来找过我一次，我的学习成绩并不比他好到哪儿去，但我还是鼓励他，让他一直念下去。为了给他打气，我还把我几个要好的朋友介绍给他，大家一起说服他，他好像也接受了我们的这种鼓励，回去之后，又念了半个学期，但终于还是下来了。

下来了就务农。

那时，还没有到城里打工这一说。

开篇简洁明了，说明了老哥与"我"的关系。

表现出老哥追求进步、渴望知识的精神，"我"鼓励老哥则表现出"我"和老哥的感情深厚。

过渡的很精妙，前面概括了一下老哥小时候的生活和烦恼的背景，自然地引出下文老哥的烦恼事。

"艰难"写出老哥的腼腆。

表现出老哥心中对幸福的渴望和追求，为后文老哥结婚不开心作铺垫。

侧面表现出老哥备受打击。

几乎从这个时候开始，他便开始忧郁了。

也就是两三年的时间，大舅开始为他张罗婚事，这似乎更加剧了他的烦恼。他又一次来城里找我，对我讲了他的心里事。原来，他心里有一个人，这个人是谁，我大概知道，因为小的时候，我们也在一起玩耍过，但老哥坚决不肯咬出她的名字，我也只能把这个秘密，包括那个被我猜测着的名字牢牢地锁在心里，至今未对任何人开启。

那个女孩白，眼睛不大。

读中学的时候，他们在一个学校，只是农村的少男少女碍于脸面，早不能像小的时候那样打打闹闹了，即使说话，也是大人在场，如果没有大人在场，他们在任何地方见了面，都只能低着头，匆匆地擦肩而过。

老哥一定是喜欢她吧？

只是，这"喜欢"二字要从老哥的嘴里吐出来，那是多么的艰难。

有一次，那女孩站在大道边，她的身后是一片正开着花的荞麦，风吹来，扬起她衣服的一角，并一缕又黑又亮的头发，阳光在她的前边，树在她的后边，泥土在她的脚下……老哥的描绘多像一幅清新的俄罗斯油画啊！

这个景象一直刻在他的心里，到最后，终于变成了打击他的幻像。

那女孩家的日子过得殷实，绝不会把她嫁给老哥的。

这是老哥说不出口的痛苦。

不久，老哥结婚了，我去参加了婚礼。婚礼上，老哥不像别的新郎脸上挂着笑容，让烟让酒，而是一直保持着冷静的表情，默默地站在人群里。我把他叫到一边，送了一支我最喜爱的钢笔给他，他马上把钢笔别在上衣口袋里，他也似乎精神了许多。

他在长春认识的我那几个朋友中，有后来成为书法家的景喜献。喜献曾对他说，一定要学习，要读书，就算条件不允许了，不在学校里学习、读书了，也要坚持自学。读书才有出路，农村更需要读书人。这话对他起了一些作用，那以后，在长达七八年的时间里，他看古诗、练习写字，当然是写"水笔字"，在旧纸上写大字，成了他的一种精神寄托。

开始的时候，他把书法看成一种希望，但终究他的忧郁逐渐地伤害了他，使他变成了一个时而恍惚、时而清醒的人。

人们说他像他的母亲一样，得了疯症——可是，他生活还能自理，而且对自家的地、自家的牛、自家的孩子"情有独钟"，并没丧失劳动能力；但一定说他正常——他除了对上述我说的几个方面还有热情，对其他的一切事物都冷淡了，而且，是彻底冷淡了。

现在，国家对农民的政策越来越好了，不但免去了农业税，还给农民补贴，帮助农民看病。老哥也算受惠者之一。就在前一段时间，市里的一家医院把他接去了，为他进行治疗，据说治疗很有效果，他的脸上又出现了笑容。可是，让医生哭笑不得的是，治疗进行当中，他突然失踪了，他离开了医院，一个人走回了家里——他想家了——从医院到家里，大概有一百余里地，他走了一天一夜，静悄悄地出现在自己家的门前。

就在写这篇文字的时候，我想，我的老哥还会不会有追求了，抑或"自家的地、自家的牛、自家的孩子"就是他的追求？这追求俗了点，却也实实在在，自己过自己的日子，总比无度地打扰别人，索取别人，甚至去伤害别人要好得多吧。

只是，我的心里还有一个更高的期求——让老哥真正地从忧郁中走出来，人生的乐趣毕竟还有许多啊。

表现出老哥强烈的求知欲以及对文化的热爱。

表现出失败对老哥打击很大。

结尾表达作者的情怀：希望老哥能摆脱忧郁，重新振作起来。表现出作者对老哥的关怀与担忧之情。

点评

　　本文语言质朴,讲述了一个农民一生的追求:他追求幸福、追求文化、追求思想、追求……可他的追求却无一得到回报,他的追求为当时的生活与社会所迫,不能一一实现,但是生活得到改善后,老哥仍未从心中的阴影走出来。而作者写此文的目的是希望老哥从阴影中走出来,希望老哥能继续他的追求。

楚金盟 ◎ 评

■■ 知识链接 ■■

　　诨号又称诨名、绰号、混名、花名、野名、外号、徽号、雅号,是在姓、名、字、号、小名之外的又一种称谓。这种称谓一般是由别人根据当事人的外貌、性格、特长、嗜好、生理特征、特殊经历等特点而取的,大多带有戏谑、幽默、讽刺等色彩。

文/吕保军

乔纳森的和平设想

　　乔纳森出生在韩国，成长在美国密西西比州。他可不是一般小孩，是个名闻全美国的"环保小达人"。乔纳森的环保意识是从小养成的，7岁时，他就创作了一幅"加油绿巨人"的环保偶像漫画，塑造了一个乐于教孩子们保护环境的超级英雄。10岁时，他创建了名为"环保青年国际组织"的环保组织，吸引了很多志同道合的成年人加入。有一次，当他随父母去麦当劳用餐时，偶尔发现该店竟没有采用回收再利用系统，他立刻发起了一个为期7天的抗议活动，强烈要求所有的麦当劳连锁店弥补这一疏漏。为此，他还受到了美国总统奥巴马和多位美国高官的接见。

写出乔纳森具有环保意识，大胆号召大家保护环境，为下文他提出和平设想作铺垫。

　　这一天，乔纳森在课堂上学习朝鲜历史时，忽然有了一个重大发现：朝鲜和韩国这两个国家的孩子们，虽然同在一个半岛上生活，却从来没有见过面，也没有互相交流过。这个发现令他很伤感。他突发奇想：如果能有一个地区，让两个国家的孩子们经常见面，并在一起玩耍，该多好！那里种植着许多板栗树或其他水果树，一眼望去就是一片绿色大森林，一条潺潺的小溪绕着丛林迤逦而过。当金色的朝霞染红天际，来自朝鲜或韩国的孩子们就会来到这里，手拉着手尽情玩耍、做游戏、交朋友，看小动物们自由觅食，听各种鸟儿齐声欢歌。好开心啊！这不仅仅是一座快乐的儿童乐园，更是

运用景物描写为我们勾勒出一幅美丽祥和、清新宁静的"和平森林"景象，表现出乔纳森的设想很丰富、充实。

一座象征着和平、友爱的"儿童和平森林"！乔纳森不禁为自己这个大胆的设想激动起来，开始研究更多有关朝鲜的资料，最后打算将这个森林选址在板门店非军事区，他甚至还想出了儿童公园的推广口号——超越政治、超越冲突、超越边境、超越意识形态。

"寝食难安"四字形象生动地表现出乔纳森为实现这个和平设想而困惑的情景。

这个设想折磨得10岁的乔纳森寝食难安。他恳请父母带自己到了韩国，在父母的陪同下，去拜访了当时的总统金大中伯伯，向他详细讲述了自己的和平设想，并当面提出想在朝鲜半岛种植板栗树的建议。金大中伯伯亲切地与他讨论了关于朝韩和平共处的计划，并承诺在下次访问朝鲜时一定会带上他。但遗憾的是，金大中伯伯在去年不幸去世了。临危时分，乔纳森又去探望了他，金伯伯费力地拉着他的手，用极其微弱的声音道歉说："原谅我，孩子……我可能不能带你去朝鲜了……"回到美国后，乔纳森眼含热泪郑重发誓：我一定要完成伯伯的遗愿，早日把自己的和平设想变为现实。

"费力、微弱"描绘出金大中伯伯去世前虚弱的情景，使乔纳森坚定了信念。"眼含热泪"写出乔纳森对金伯伯的悼念及对实现和平设想的信心。

转眼又是一年过去了。这一天，乔纳森坚决地对父母说："不行，我们得去一趟朝鲜。"原来，他一直盘算着想去朝鲜面见金正日伯伯，当面向他提出在板门店建"儿童和平森林"的构想。乔纳森的父母惊讶得张大了嘴巴：这个想法太冒险了！由于美国和朝鲜没有外交关系，普通的美国人想要获准进入朝鲜可不容易。在不到一年的时间里，朝鲜以非法入境的罪名逮捕了4名美国人，目前还有一名美国人被关押在朝鲜。美国国务院曾在网站多次向民众发出过赴朝警告。儿子的这个不靠谱的念头，弄得他们在接下来的几个星期里无法睡个好觉。他们清楚地知道，乔纳森从小就有主见，不达目的决不罢休。乔纳森宽慰父母说，我认为这次旅程不会有危险，之前我看了许多关于朝鲜的纪录片，那里是个整洁的地方。在儿子的再三坚持下，父母终于答应试一下。于是，乔纳森一家开始申请以"特别代表"的身份前往朝鲜推广和平计划。没想到，他们的这一

"惊讶得张大了嘴巴"是动作神态描写，表现出乔纳森父母对他设想的惊讶之情，也为下文乔纳森坚持远赴朝鲜实现理想作铺垫。

申请竟获得了朝鲜驻联合国代表的允许，8月11日，他们幸运地拿到了签证。乔纳森那份激动的心情，简直无法用言语形容！这将是他的一次"圆梦之旅"，他希望凭自己的努力可以做好这件事情。

乔纳森的这趟"朝鲜之行"，可谓丰富多彩而又不同寻常。在朝鲜方面的安排下，乔纳森一家获得的待遇是绝无仅有的：乔纳森在板门店的一个接待室与游客们尽情交谈；在一个儿童音乐会上，乔纳森上台献花；他还参观了博物馆、图书馆，并欣赏了朝鲜特有的大型团体操《阿里郎》，朝鲜孩子们的多才多艺给乔纳森留下了深刻的印象。每到一处，热情的朝鲜人民就像瞻仰一位小英雄似的簇拥着他，问候着他。整个旅程中，最令乔纳森难忘的，还是在板门店非军事区的参观经历——在那里，他仿佛看到眼前已有一片茂密的板栗树林正在苗壮地成长起来……望着望着，似乎他自己也变成了其中一株小小的树苗，正感受着微风细雨的滋润，沐浴着和煦阳光的照耀，顽强坚韧地深扎下根须，向四面伸展开嫩长的枝条，好在不久的将来，摇曳出世界上最美丽的和平花朵！

> 把乔纳森比作小英雄，表达人们对乔纳森的敬重。

> 结尾憧憬着乔纳森心中的和平树林，写出他自己沐浴阳光，在和平世界中健康成长的伟大设想。

乔纳森具有很强的环保意识，他勇于去为实现建立"儿童和平森林"的设想而努力，先后受到奥巴马总统、韩国金大中总统等多个国家领导人的接见，他是我们环保事业、和平事业的榜样！他敢于提出设想，并努力去实现，执著坚韧的精神在世界传扬！

周千寓 ◎ 评

=== **知识链接** ===

全球和平指数 (Global Peace Index, 亦称和平指数) 是一套用做测量指定国家或地区的和平程度的指标，该指数由名为英国经济学人信息社 (Economist Intelligence Unit) 的专家小组所维持和公布，而该专家小组的成员主要来自和平学系、智库以及澳洲悉尼大学和平及冲突学中心 (the Centre for Peace and Conflict Studies)。

香橙·遗书

　　幸福的涟漪在她心头一圈圈地扩散。她定睛凝望着老公，心想，如果有一天我出了意外，他会不会像阿晶的丈夫那样另觅新欢？会不会狠心地丢下孩子和老人不管不顾？看来，我写遗书安排后事是对的。

文／朱 白

月亮 是外公的金币

夜幕降临，月光从林间升起，天地间顿时就有了水一般的清凉。月亮，满满圆圆地挂在天幕上，就像天堂里外公那金色的脸庞。

记忆中，外公家和我家仅隔着一条清凌凌的小河。河水清澈见底，每当有月光的夜晚，河水中就倒映着一轮圆月，就像是外公遗失在河底的一枚金币。

记忆中，外公，什么都好，就是有一点不好——喜好赌博。童年时，我很喜欢外公，因为他总喜欢在月华遍地的夜晚，蹚过一条小河，来我们的村子里赌钱。要是那天运气好的话，我准能见到他，他会给我带来很多好吃的东西。但是母亲似乎很不欢迎他，经常会和他吵上几句。所以，每次外公来我家，待的时间都不会长，他从不喜欢坐板凳，只喜欢倚着墙根，看着我狼吞虎咽地吃东西，然后轻轻地拍拍屁股上的尘土，一声不响地向着月亮升起的地方走回家去。

那时候，外公家里很穷。我知道，外公每次赢了钱，只给我买东西吃，自己却一口也舍不得吃。而我却是那么的不懂事，总以为外公的怀里藏有用不完的金币。后来，我慢慢地长大了，才渐渐地对外公改变了看法。由于外公把所有的时间都耗在了赌钱上，地里的庄稼全靠多病的外婆和母亲照料，从而使得这个家的日子过得愈发的捉襟见肘，常常会为没有米下锅而发

开篇以景物描写切入，把大家带入了一种静谧、凄美的氛围。

又提起了圆月，水中与天上的月亮遥相呼应，像金币一样熠熠发光。引出了文题中的月亮——外公的金币。

外公喜好赌博，母亲身为一个成熟的大人很是不满。而身为一个小孩子的作者，因为有了好吃的，十分喜爱外公。

这正是在作者对外公的情感中最美好最澄澈的一段时光。可能在外公的心中，怀着对家庭的愧疚，这种愧疚也只有孩子能给予他抚慰。

当"我"长大后，认识到了外公竟是一个如此没有责任感的人，一个伟大的形象顿时坍塌，愤恨背后是深深的伤心与失望。

这是一个很大的转折，外公这才真正变成一个让大家为之怀念，为之感激的人。

外公本性纯朴，并不邪恶，这也是外公"美"的原因。

有了月光盈地，便又出现了外公对"我"的关爱，而"我"对外公的喜爱则会因为外公的"改邪归正"重新回到心中。

真正对外公的依恋与感谢，是因为外公变成了一位真正的"好外公"。

外公对外婆有着深厚的感情，是的，他是一个重情重义的男人。

愁。我常常见到外婆一个人在背地里默默地抹眼泪，她那幽咽的抽泣声在暗夜里是那么的凄凉，不由得让我从内心深处对外公生出了一丝愤恨。

后来，外公再给我送好吃的东西时，我便不再那么兴奋了，只冷冷地将东西扔到餐桌上，弄得外公黯然神伤了好一阵子。至今，我的脑海里还时常会浮现出外公那些留在乡村小路上的孤独忧伤的背影，就像冬天里老榆树最后落下的最后一枚枯叶，影影绰绰地在冷风里摇摆。

我6岁那年，外婆因劳累过度，生了一场大病，无钱医治，在病床上苦熬了三个多月。后来虽然康复了，却留下了后遗症，再也不能下地干活了。

在那段艰难的日子里，外公受到了巨大的打击，在挥霍掉家里仅有的一点钱以后，他便彻底戒赌了。

外公是个重情重义的人，他无法承受外婆和我母亲乞怜的目光，于是便发誓自此告别赌场。外公开始认真地操持起了地里的农活，担负起了伺候外婆的责任，还养起了羊。很快家里便有了起色，日子开始慢慢变得丰盈起来。

因小时候，母亲没有奶水，我的身体发育得很不好，就好像是家乡小河里一条枯瘦的鱼，时常生病。外公养了羊之后，就经常给我送羊奶喝。依旧是月光盈地的夜晚，外公怀里揣着一瓶刚刚挤下来的羊奶来到我家，催促着让我趁热喝下。瓶子是普通的罐头玻璃瓶，为了防止羊奶溢出来，外公还专门用了白纱布将瓶口缠紧。刚开始，我忍受不了膻气浓重的奶腥味，死活就是不喝，有一次还随手打碎奶瓶。外公很是伤心。后来，在母亲的哄劝下，我才慢慢地喝起来。现在想来，我能够健康地活下来，真的应该感谢外公，也许这就是我内心深处非常依恋外公的原因吧。

天有不测风云，在一个细雨飘飞的黄昏，久病不起的外婆永远地走了，孤独的老屋里只留下外公单薄忧伤的身影。那段日子里，外公心绪坏极了，常常独自一人坐在外婆长眠的地方发呆，直到月亮袅娜地升起。

外公又重新迷恋上了赌博，没有了外婆的约束，这次是愈发的疯狂，任谁也无法规劝。长时间的端坐和超负荷的心力透支，严重地摧垮了外公的身体。外公很快白了头，身形消瘦，就像一片干枯的柳条叶寂寞地在村里飘荡，飘荡……

外公彻底告别赌场，和一棵白杨树有关。那个阴云密布的夜晚，外公打完麻将回来，手电筒电池恰好没电了，外公不小心撞上了路边的一棵白杨树，摔了一跤，折了一条腿……

外公最后的日子，是和我们一起度过的。我们轮流照顾着他，给他喂药、换衣、擦洗身体，陪他聊天。就这样，过了半年，在一个月圆之夜，外公离开了人世。当时我们都在场。弥留之际，外公发着高烧，喃喃地念叨着外婆的小名，呼吸急促，他用尽全力扯开了上衣，敞开的衣襟里顿时就落满了月光。那一刻里，在一片泪眼蒙眬中，我看到那皎洁如玉的月光在外公枯瘦的身形之上不停地跳跃，旋转，就像一枚枚金币洒落在他的身旁，黯然无语，熠熠闪光。

多少年来，我一直相信，月亮，就是乡村的一枚金币，就是天堂里外公那金色的脸庞。

又是一次严重的打击。打击可以使一个颓废的人振作，更可以使一个振作起来的人变得越发颓唐。

没有了外婆，外公又放弃了家庭重归赌场，生动写出了外公的飘零之感。

月圆的夜晚又出现了，"我"对外公的记忆是从月圆的夜晚开始的，亦是在月圆的夜晚结束的。

外公临死也不改对外婆深深的爱恋。外公在这一刻，在生命将画上句号的那一刻，他似乎又变回了那个儿时记忆中了不起的外公，神秘而美好。

与开头、文题相呼应，月光、金币、外公金色的脸庞。

 点 评

　　全文以深情的笔触，讲述了"我"与外公从始至终所经历的故事。在这之间，"我"对外色的情感从喜爱到愤恨到原谅又回到喜爱，情感一波三折，但却随着作者的成长变得越发的深刻。

　　全文有外公对外孙的关怀，外孙对外公纯粹的情感；还有夫妻之产深深的爱与依恋；亦有女儿对父亲的憎恨和原谅。处处都体现了血浓于水的亲情，在这个家庭里每个人的心中都深深地刻着对对方的牵挂与关怀。

　　我相信看了这篇文章，没有人不会为其中所流露出的真切感情而感动地流下热泪。月亮，象征一个家庭的团圆与和谐。又一个圆月的升起，预示着这个家庭将会变得和谐美好。

　　文章讲述了外公由好赌成性最终担负起了一个家庭的重担的故事，这正是外公的责任感的深刻体现，也是外公真正美好，值得"我"去怀念的原因。然而在儿时的记忆中，虽然外公是赌徒，但没有一种情感是可以比得上"我"在儿时对外公的纯真喜爱的。因此，在外公要告别人世的最后一刻，作者心中在儿时对外公的情感又涌出心田，对外公所有的情感再次化作儿时那最美好的喜爱，这种感情伴随外公离开了这个世界。

　　在文章的最后，作者又将我们带回到最初的那个静谧而凄美的氛围，去感受一位老人在天堂慈祥的微笑。

孙雪婷 ◎ 评

▬▬ 知识链接 ▬▬

　　赌博成瘾，特别是心理成瘾，是赌徒堕落的重要原因。赌博的心理成瘾是指参赌者对赌博活动产生向往和追求的愿望，并产生反复从事赌博活动的强烈渴求心理和强迫性赌博行为。这种对赌博活动的渴求，既是一种强烈的内心活动，也是一种慢性病态，它强烈地驱使参赌者反复从事赌博活动，并对赌博产生强烈的渴求感。特别是网络赌博更容易让赌徒沉迷其中，不在意自己的输赢。因为在网络上赌博，不必用现金交易，所有的输赢都是数字。一名深陷网络赌博的赌徒说，他已经对输赢没有感觉，"我甚至没有时间想到我正在赌钱。我要做的只是打开电脑，上网"。

文／李晓光

园子的记忆

扫起院子里稀稀落落的一地落叶，最后看一眼园子，一些被秋风扫下的残枝枯叶，静静地躺在裸露的土地上。刚刚拔起的萝卜和白菜，留下了一个个深浅不一的小坑，那一度是萝卜和白菜生长的家园啊。热闹了一个夏天的园子，突然就安静下来了。园子里的一切已经各就各位，架条被有序地捆在一起，堆在一个角落里，果树们在这深秋的季节里，突兀地伸展着枝桠，土地这一刻也安静了，张着母性的呼吸，与即将来到的冬天连理，在一幅素朴的油画里，泛着金色的光芒。像一位年老的妇人，看着孩子们纷纷飞出家门，有了片刻的安宁，闭目沉思间，回忆着爱情曾经来临的季节。

想起曾经读过的一本书，有一个非常有诗意的名字，书名叫《扫起落叶好过冬》。在秋风渐紧的时刻，偶尔想起它，倍感温馨与快乐。那最后的一望，隔在园子的记忆之外，在一切的可能与不可能之间，仿佛走在一条莽莽苍苍的林中之路。转身关上屋门，将快要来的冬天挡在门外，且看雪花静静舞蹈，那是窗内的事情了。园子走在最后的冬眠路上。

80多岁的外婆，此刻，也放下了手中的小铲子，结束了她这个季节里的劳作，那把她铲草用的小铲子，被她的手浸润得有些发光的铲柄，还有一丝余温。她

开篇的环境描写渲染了安静、沉寂的气氛，交待了故事发生的时间。

连续的动词和拟人与比喻的修辞将沉寂的园子描绘成一个家园，将土地比作母亲，形象地写出土地对植物们的重要性，写出秋天里的一切都准备好迎接冬天了。

通过"书"的联想，将视角从园外渐渐转入园内、屋内。

最后的一望，是对园子之外的记忆，饱含要在冬天告别园子的不舍。

园内，80岁的外婆仍然在园内望着园子，外婆在这个季节停止了劳作，望上最后一眼的时候用"失落"一词写出了她对园子、对土地的不舍，以及对季节变换的叹惜。

蹲在园子的周围，捡拾着零落的干枝和树叶，作为炉子里的填充物，准备温暖我被寒冷冻僵的小手。这一切，在她转身望上最后一眼的时候，眼里露出了满足的微笑，同时有一种失落在心头悄悄滑过。

园子，是长在她心头的一条希望的根啊。从早春的第一缕风刮过开始，她就不断地在园子里转悠着，像一位驰骋沙场的老将，沙场点兵，布局谋篇，她已在心中打下无数的腹稿，将每一寸土地都熟记在心里。不让每一片土地闲着，这是智者的感叹，勇者的敢为，她的眼睛牢牢地盯住那方寸地方，生怕有谁会夺了她的帅印。当然，儿女们的一道道通牒，并没有阻止她披马挂帅，独步江湖。

当雪花纷飞，弥漫着，以自己的方式舞蹈时，自然界里的一切无根之物都被盘剥得一点不剩，唯有这开在冬天里的无根之花，点亮了季节的眼睛。喜欢下雪的日子，那瞬间的洁白，白了一屋子的澄澈，使人心下顿觉开朗。这样的时刻，手上捧着一本书，一定是适合冬天阅读的书了，比如《北越雪谱》《蒙田随笔》《追忆似水年华》，在自己的房间里旅行，享受着这样如诗般的语言，"漫长的冬日夜晚，最温暖也最保险的做法，就是远离尘嚣与人群，壁炉里一盆火，几本书，几支笔，所有的寂寥一扫而空！最好连书本和笔也抛在一边，一边拨弄炉火一边悠然冥想，构思着几句让朋友们发笑的诗句。"

在不识字的外婆面前，偶尔读上一段或是几段，看她艳羡的目光里，对于书本生出的敬畏，犹如对于土地的敬畏一样。

于是我开口读道：
"当你年老，两鬓斑斑，睡意沉沉，
打盹儿在炉火旁，你取下这本诗歌，
慢慢儿地诵读，梦呓着你昔日的神采，
温柔的眼波中映着倒影深深，
多少人爱你欢悦的青春，

（旁注）
"希望的根"写出了园子对外婆的重要性。

她和园子从春到冬一同度过很多光阴，她在园里挥洒汗水，"儿女们的道道通牒"并没有让她的心意发生改变，她是如此的坚决。

用拟人的修辞描写雪花，生动地写出雪花的纯洁可爱，表达了作者对冬天的喜爱。

勾勒了在炉旁读书的情景，为下文作铺垫。

"艳羡的目光"表现出了外婆对书本知识的渴望，外婆像敬畏土地一样敬畏着书。

引用叶芝的《当你年老时》，从真实的炉火，写到虚构的炉火，当青春消逝、美丽不在，但是总有人是爱着你的。

爱你的美丽，出自假意或者真情。

但有一个人挚爱你灵魂的至诚，

至爱你变幻的脸色里愁苦的风霜，

在赤红的炉膛边弯下身子，心中凄然。

低诉着爱神怎样逃逸，在头顶上的群山之间，

漫步徘徊，把它的面孔藏匿在星群里。"

那一刻，外婆的眼里有一丝泪花儿，迅捷地逃逸，在一缕茶香里。

这个时节，土地在熟睡中亦是清醒的，即使冬眠的日子，它亦是理智地承接着每一朵雪花儿的到来。像极了熟睡的外婆，一觉一觉地酣睡着，却不忘炉子里的火，不忘火上面锅里的粥香溢出的时刻，她准确无误地守候着一锅一盏里面生出的温情，就像是守候着她心中的那畦空地，载着她的梦无限地伸展。

土地是无根的，却孕育了无数的有根的生命；泥土是冰冷的，在炎热的季节里，却使花朵儿绽放出美丽。

二月的春风刮过之时，土地在雪光里萌动，一天天醒来，酝酿着一场春事。园子的雪一点儿一点儿地消融后，春风已涤荡了一切柔软，使土地变得坚硬起来，浅草枯下面，有一抹绿意潜藏着一股生机。

外婆垂着双手，在园子里溜达着，一寸一寸地逡巡着，检阅着曾经深刻在她心头的，有关园子的记忆。

写出了作者对外婆的爱和外婆对园子、对青春、对作者、对生命的热爱。外婆因为诗而落泪，表现出她内心情感丰富却不曾诉出。

将土地比喻成外婆，表现出外婆像土地一样滋生着万物，播撒着温情。

将无根的土地和有根的生命，冷的泥土与炎热季节中的花朵联系在一起，土地看似无情，却繁衍着生命，外婆的根也在这片土地上。

时间跳转到春天，从白色到绿色，土地在苏醒。"又是一年春好处"。冬季过去，一切又将热闹起来。

结尾外婆仍在园内，守候着一季一季。对于园子的记忆是对外婆的记忆，也是对她青春的记忆，起到了画龙点睛，总结全文，深化主题的作用。

记忆，记住或想起，是一种客观的存在。

文章以园子为明线索，炉火为暗线索，写出了土地为生命的贡献，外婆的爱。本文是对园子的记忆，也是对外婆的记忆。

外婆的青春在园内、炉火旁，而当她年老后是否有些伤感，那些岁月，那些记忆，那些她看见的、爱着的人和物。

岁月走过一个个春夏秋冬，时间，你在说些什么话，叫我如何不想她。想起青春，想起生命，那些记忆中的愁苦风霜。

　　时间，它会步向光明与昏暗，谁都无从知晓，节末将至，谁都难免伤感。

　　"当一个人学会回忆的时候，他就已经老了。"生命亦如一场冗长的梦，昔日的种种它们存在着，存在在那些云淡风轻的日子里。

　　文章中的外婆又何曾不在回忆呢，她爱园子，因为园中的记忆，园中的生命，所以，她亦热爱生命，作者回忆的园子充满了外婆的身影，记忆中的记忆，虚实相结合的文章构造让人产生一种感伤与感动。

李梓瑄 ◎ 评

知识链接

　　《扫起落叶好过冬》的作者林达是一个神秘的畅销书作家，他的《近距离看美国》系列，每一本均引起强烈反响。《扫起落叶好过冬》为他的文章结集，按文章的大概性质分成五辑：第一辑是美国的历史故事，第二辑是有关法治国家立法规则的故事，第三辑是用一些具体的案例来讲述有关司法过程的故事，第四辑主要通过修道士、苦修院和奥斯维辛集中营的故事讲述"不宽容"的恶果，第五辑是关于读书和所见所闻的随想。

文/吕保军

香橙·遗书

"亲爱的老公，当你某天看到这封信时，可能我已经离开了。生活还得继续，我希望你能够振作起来，好好把儿子带大……"

轻轻敲下一行这样的文字，她的眼底笼起一丝伤感的阴影。别转头，瞅瞅桌上那个鼓囊囊的纸袋，隔着袋子就能闻到一股清幽的香味，那里面装的是数枚香橙，她最爱吃的水果。脑海里清晰地浮现一个女人的音容笑貌，内心充满了淡淡的忧伤。她在怀念一个人，一个叫阿晶的女人。这怅然的感觉如此强烈。

揉了揉发涩的眼角，她强迫自己继续往下写。下面的内容除了鼓励家人不要悲伤外，还把房产、股票、存款进行了详细分配："婚前买的那套房子，留给儿子；存款和13万股票全部留给我妈养老，她独自一人，没有依靠。老公，留给你的只有10多万的保险了，别怪我委屈你，因为我相信你的能力，我离开了，你还可以活得很好。而我妈必须靠这些度过余生……"

这是她留给老公的一份遗书。写完，加密。将文件保存在电脑里一个最隐秘的角落。

匆匆关了电脑，身体后仰着伸了个长长的懒腰，开始环视四周寻找手机。她需要给朋友打个电话。

俏丽端庄的她，在这家房产公司做行政经理，身体健康，性格开朗，是一位善解人意、知性豁达的

第一段，引起读者的阅读兴趣，是因为什么事情写的遗书？身患绝症？抑郁而想自杀？读者不得而知，因此，想要往下看。

第二、三两段笼罩着深深的伤感，香橙？阿晶？这又是怎么回事？读者很是期待着谜底。

既然是要给老公看的，为什么要加密，放在电脑里一个最隐秘的角落呢？让读者心中再生疑问。

女人，在家里与老公感情亲密，在单位跟同事关系融洽，小日子过得风生水起，优雅宁静。没有人知道，两年前的那次偶然事件，让她在一瞬间悟透了生死。

女人就是这样，生性机敏、多愁善感。也许昨天还是懵懂单纯的青涩女子，一觉醒来，就已成了深谙世态命运的熟女。她心态上的悄然蜕变，缘于那个叫阿晶的女人。

阿晶是她曾经的一位闺中密友。她和阿晶同住在一个小区，又在同一家单位上班，两人几乎每天形影不离。平时买东西也是搭伴而行，就连口味，也出奇地一样。譬如，她俩都喜欢吃香甜的橙子，无论谁买了，总不忘打电话请对方过来分享。两个白领小资女人，坐在一起谈时尚品牌、论家长里短，总有聊不完的话题。

可两年前，阿晶随团旅游时遭遇了车祸，遗下三岁的儿子和两位60多岁在农村生活的老人。阿晶的丈夫再婚后另育一女，对儿子无暇关心，阿晶父母更是从此没了依靠。几天前，她曾去阿晶老家探望过，回来一直闷闷不乐。阿晶的死，仿佛给了她当头一棒！

其实在白领女性中间，早就流行定期写遗书了，她起初根本没当回事；阿晶的突然离去仿佛一记警钟，告诉她：意外说来就来！从那时起，她也开始写遗书，悄悄地安排身后事。同样的遗书已经有了好几封，因为随着财产的不断变化，她要及时地对遗书内容做出相应的调整。只瞒着老公。

她握着手机，边拨号边轻轻摸起一枚香橙，放在鼻子下嗅着。阿晶的音容笑貌一直在她脑海里打着旋儿。轻叹：橙子清香依旧，可惜阿晶再也品尝不到了！

今天是阿晶的两周年祭日。

电话拨通了，是打给另一位闺中密友的。照例又把遗书的密码跟闺密说了一遍，同样，闺密在电话里也叮嘱她记牢自己的密码。两人聊了一会儿闲话，匆

介绍阿晶、香橙的来历，以及她和阿晶之间亲密的关系。

世事无常啊！很显然主人公也是这么想的，这种感慨影响她去写遗书，逐步解开了前文中的疑问。

交待为什么要写遗书，解释了为什么要瞒着老公。

轻叹的内容，让人伤感，仿佛让人感到了她与阿晶间如香橙般芬芳的友谊。

从"闺密在电话里也叮嘱她记牢自己的密码"中可看出阿晶的死让很多人体会到了世事无常的残酷的现实。

匆道别，挂了电话。

办公室的门刚好被推开了，一个熟悉的身影一闪而进，恰是老公。

老公脸上挂着明朗的笑容，刚要说什么，忽然发现了她手中的香橙，惊喜地说："呵，你又买橙子了么？谢谢你老婆，我正好嘴馋了，想吃呢。"

说话间，拿起小刀剖开一个，一股清幽的香味弥漫开来，直钻两人的鼻孔。

幸福的涟漪在她心头一圈圈地扩散。她定睛凝望着老公，心想，如果有一天我出了意外，他会不会像阿晶的丈夫那样另觅新欢？会不会狠心地丢下孩子和老人不管不顾？看来，我写遗书安排后事是对的。

老公拿起一瓣，刚要往嘴里送，猛地被她拦住了。脸上的笑容灿若莲花，娇嗔一句："别动！还没洗手吧你？哼！"她拿起一瓣最大的香橙，递到他嘴边："亲爱的，张嘴，让我喂给你吃，好不好？"

老公英俊的脸庞立刻漾满了幸福的笑意。他怎么知道，一个声音此刻正在她心底回荡：亲爱的，从今往后，我要把每一天都当成生命中的最后一天来爱你。

从老公一口一个老婆，而且调皮地撒娇可以看出两人的感情很好。

虽然主人公感到很幸福，但她却在猜疑老公对自己的感情，并坚信自己写遗书是对的，她已经接受了世事无常的残酷现实。

突然来了一个180°的大转变，从刚才的猜疑到对老公温柔的话语、体贴的动作，不仅让人心存疑惑。

原来，她终于明白了，即使世事无常，也应该好好珍惜每一天的时间来爱自己所爱的人，而不是猜疑自己死后，所爱的人会有怎样的转变。

感慨了人世间世事无常的残酷现实。女主人公通过写遗书来防止自己死后的一切纠葛，到最后她发现自己错了，与其写遗书不如把每一天都当做是最后一天爱自己的老公，而不是猜疑。

让我想到了几句歌词：

如果我变成回忆，终于没那么幸运，没机会白着头发，蹒跚牵着你，看晚霞落去。漫长时光总有一天你会伤心痊愈。若有人可以让他陪你，我不怪你。

想必以后的遗书，她会这样写吧！所以，朋友们，我们从现在开始去好好珍惜你爱的、爱你的人吧！

郎昊凡 ◎ 评

知识链接

所谓遗嘱是指遗嘱人生前在法律允许的范围内，按照法律规定的方式对其遗产或其他事务所作的个人处理，并于遗嘱人死亡时发生效力的法律行为。遗嘱共有以下几个特征：

1. 遗嘱是单方法律行为，即遗嘱是基于遗嘱人单方面的意思表示即可发生预期法律后果的法律行为。

2. 遗嘱人必须具备完全民事行为能力，限制行为能力人和无民事行为能力人不具有遗嘱能力，不能设立遗嘱。

3. 设立遗嘱不能进行代理。遗嘱的内容必须是遗嘱人的真实意思表示，应由遗嘱人本人亲自作出，不能由他人代理。如是代书遗嘱，也必须由本人在遗嘱上签名，并要有两个以上见证人在场见证。

4. 危急情况下，才能采用口头形式，而且要求有两个以上的见证人在场见证，危急情况解除后，遗嘱人能够以书面形式或录音形式立遗嘱的，所立口头遗嘱因此失效。

5. 遗嘱是遗嘱人死亡时才发生法律效力的行为。因为遗嘱是遗嘱人生前以遗嘱方式对其死亡后的财产归属问题所作的处理，死亡前还可以加以变更、撤销，所以，遗嘱必须以遗嘱人的死亡作为生效的条件。

6. 如果遗嘱人没有事实死亡，而是在具备相关的法律条件下，经有关利害关系人的申请，由人民法院宣告死亡后，遗嘱也发生法律效力，利害关系人可以处理遗嘱当事人的财产。如果在短期内遗嘱人重新出现，那相应的财产可以退还遗嘱人；如果时间较长，例如超过两年以上以及财产出现了无法退还的情况，则受益人应当对遗嘱人的基本生活在其受益的范围内提供帮助，但法定义务人不受此限。

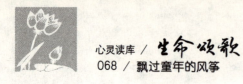

文/麦 秸

同学害同学
不知又不觉

"上蔡布衣,闾巷之黔首。"出生于社会底层的李斯深深知道,只有用知识武装自己,才能实现"贱而贵,思而智,贫而富"的人生梦想。于是,毅然放弃楚国郡小吏的职务,别妻离土,几经权衡,拜在当时最红火的学者荀子门下。

一天,李斯正和同学们诵读"子曰"。忽然,门外一阵马嘶人喧,进来一位气宇轩昂的阔公子。当来人结结巴巴自报家门后,李斯既惊又妒,嘴巴张成了"O"字。韩非,韩国贵族也。虽然磕巴,不善言谈,但笔锋凌厉,弱冠之年便名动天下。自己居然和传说中的"神童"成为同学,李斯心头一时五味杂陈。

毕业后,韩非目睹韩国的衰败,不断上书韩王实行变法,但始终未被采纳,只得退而研学,阐明其思想,著有《孤愤》《五蠹》《说难》等。他的著作传到秦国,秦王读后大为钦佩,说:"寡人得见此人,与之游,死不恨矣!"而一心想"辅助君王"的李斯,不顾荀子的阻拦,投奔到"以暴制暴"的秦王政麾下,并竭力推荐一套"6+1"的灭诸称霸、一统天下的战略计划,亦深得主子的宠爱。

李斯主张柿子捡软的捏,先灭韩国。韩国风闻李

上蔡:诸侯国名。布衣,黔首:平民。

文章在第一段介绍李斯的出身以及择师缘由。

第二段紧接着介绍了韩非与李斯同学。

"毕业后",用法现代感十足,幽默诙谐。

五蠹:指当时社会上的五种人。蠹:蛀虫。韩非认为学者、言谈者、带剑者、患御者和工商之民无益于耕战,像蛀虫一样有害于社会。

"辅助君王"指李斯并不是为帮助秦王,而是要实现"贱而贵、思而智、贫而富"的梦想。

斯的计划，急忙主动求和，向秦国"纳地效玺，乞为藩臣"。但李斯不为所动，坚持把战争的第一刀，砍向韩国。

危急关头，韩王想起了韩非这根救命稻草。爱国的韩非不计前嫌，临危受命，打算说服秦王"攻赵存韩"。由此，师出同门，却狭路相逢的韩非与李斯，就此展开了一场斗智斗勇的生死较量。

仗着秦王对自己的崇拜，韩非洋洋洒洒写了一封几千言信，送奏秦王。他在信中说：韩国已臣服于秦，你还要消灭它，带来的国际影响，将是各国君王联合抗秦……这句话，点到了秦王的软肋。秦王对李斯提出的灭韩计划开始犹豫起来。

李斯启奏道：韩国譬如一个脓疮，没有发作的时候，相安无事，一旦发作，就会疼得我们浑身乱颤。所以，我们一定要将它摘除。且主动请缨，自己只身入韩，将韩王引诱到秦国，将其扣留，保证兵不血刃，迫使韩国投降。秦王大喜，立即让李斯出行。

韩王虽然昏庸，身边却多了一个智囊韩非。不管李斯如何殷勤地求见，换来的都是闭门羹。李斯恼怒不已，恨不得立马回秦搬兵，攻打韩国。可一想到自己在秦王面前夸下的海口，倘若灰溜溜回去，怎么交待？于是，他效仿老同学，也给韩王写了一封长信。但文笔又臭又长，像老太太的裹脚布，未引起韩王的"共鸣"，他的这次外交行动，彻底失败。

来而不往非礼也，李斯走后，韩非很快进行了"回访"。但两人的待遇却是天壤之别：秦王大喜，予韩非上宾的待遇，把酒言欢，促膝交谈。并想把韩非永久地留在身边。然而，李斯不但非常清楚老同学此行的目的和意图，而且清醒地觉察到韩非是自己仕途的一个障碍。正所谓一山容不得二虎，同学归同学，你来了，我失宠了，让我心里能平衡吗？

妒火中烧，往往会烧坏了人的理智。李斯对这位老同学动了杀机，只等着机会下手。不久，韩非发现一

韩国宁愿割地让位、称臣以求和，李斯却不同意，坚持要讨伐韩国，表现出其心狠手辣，"第一刀"更加突出其狠毒。

引出下文。

表现出韩非的智慧。

表现李斯急欲博得秦王宠爱的心理活动，因此不惜亲自前往韩国。

虽然李斯"勇气可嘉"却智量不足。

韩非极受秦王宠戴。

李斯不甘如此，认为韩非是自己仕途的阻碍，便起了杀心。

个秘密。秦国有一个渗透到各个国家的严密的情报网，而李斯是这个情报网的"戴笠"。

于是，韩非找到秦王，说："大王啊，我听说李斯向您举荐了一个叫姚贾的'外交官'？这个人出身卑贱，品德恶劣，且做过强盗。大王这么高贵的人，怎么和这样的人为伍呢？"很明显，这是别有用心的挑拨离间。但由于贵族和贵族的交心，存在共同的对贫民的蔑视，秦王一时间糊里糊涂地中招了，脑门一热，将姚贾提溜到跟前，严厉责问。

> 韩非试图挑拨秦王与属下的关系，由于秦王愚昧，未能识破其计。

但姚贾在李斯的授意下，不慌不忙，引古博今，说得秦王哑口无言。李斯在一旁趁热打铁，启奏说："大王，韩非来秦国是为了韩国！您不可中了他的计谋。"秦王觉得言之有理，一怒之下，将韩非监禁起来。韩非从座上宾，变为阶下囚。李斯下手的机会到了。

> 写出李斯城府之深，早有准备。

一个月黑风高的夜晚，李斯派心腹将一杯毒酒强行给韩非灌了下去，就这样，昔日的同学一命呜呼，死在老同学的毒掌之下。

> 李斯与韩非的斗法以李斯胜利而告终。

历史上两个重量级的人物，在这场没有硝烟的生死较量中，分出了胜负。然而，人眼不明天眼亮，若干年后，李斯也不得善终，被秦二世处以极刑。韩非成了与孔孟齐名的思想家，而李斯，后人大多只知道他曾为秦国宰相。

> 各自结果，虽然都是历史名人，韩非以与孔孟齐名而流芳百世，但李斯只将其奸险狡诈、不得善终的印象留予后人。

　　这是一篇历史演义故事，作者选材新颖，视角独特，文字诙谐幽默。将原本"枯燥乏味"的史记阅读生活化、平淡化，确有可赞之处。

　　其次文章的题目幽默风趣，吸引读者，以现代语义诠释古代名贤的斗智斗勇。

　　同时，这篇文章告诉我们做学问的人不应以仕途为其奋斗目标，与同门之间更应互帮互助，不应忌妒陷害。

张驰 ◎ 评

━━━ 知识链接 ━━━

　　李斯 (约前284—前208年)，姓李，名斯，字通古 (其实应该是氏李名斯。先秦的男子称氏而不称姓，女子才称姓)。战国末年楚国上蔡 (今河南上蔡西南) 人。

　　李斯早年为郡小吏，后从荀子学帝王之术，学成入秦。初被吕不韦任以为郎。后劝说秦王政灭诸侯、成帝业，被任为长史。秦王采纳其计谋，遣谋士持金玉游说关东六国，离间各国君臣，又任其为客卿。秦王政十年 (前237年) 下令驱逐六国客卿。李斯上《谏逐客书》阻止，被秦王所采纳，不久官为廷尉。在秦王政灭六国的事业中起了较大作用。秦统一天下后，与王绾、冯劫议定尊秦王政为皇帝，并制定有关的礼仪制度。被任为丞相。他建议拆除郡县城墙，销毁民间的兵器；反对分封制，坚持郡县制；又主张焚烧民间收藏的《诗》《书》等百家语，禁止私学，以加强中央集权的统治。还参与制定了法律，统一车轨、文字、度量衡制度。

　　秦始皇死后，他与赵高合谋，伪造遗诏，迫令始皇长子扶苏自杀，立少子胡亥为二世皇帝。后为赵高所忌，于秦二世二年 (前208年) 被腰斩于咸阳闹市，并夷三族。

文/朱国来

麦子的心

凌晨，母亲打来电话说，老家的几亩麦子，被昨夜的那场暴风雨吹倒了一大半，今年的麦子要减产了。听着母亲苍老的声音，我想起了昨夜那场可怕的风暴，心里禁不住一阵阵地疼痛起来。

对母亲声音的描写，写出了"我"对母亲经历的心疼，是事件的起因。

我在老家生活了二十多年，对麦子有着深厚的感情，这种感情很难用语言来表达。我出生于70年代末，虽没有经历过饥荒的年代，可也是在清苦的日子中长大的。记得小时候，我们那个村子还不兴种水稻，米便成了稀罕物，一日三餐均为面食，因此小麦便成为我童年那羸弱的身体主要的营养来源。那时的我就像一条枯瘦的鱼，在麦地潺潺的碧水中游荡，守卫着那寂寞的小村庄，构成了故乡一道单薄而深邃的缩影，沉醉在麦香四溢的流风里。而今听说家里正值灌浆时节的小麦被风雨吹倒了，心里能不疼吗？

运用比喻，生动形象地写出当时"我"生活的贫困和麦子在"我"童年生活中的重要性。

我心疼麦子，更心疼母亲！母亲今年都快60岁了，种了一辈子的庄稼，眼看着就要收获了的麦子突然遭遇不幸，心里该是怎样的痛苦啊！多年来，因为父亲经常外出做工，家里的几亩地都是母亲一人操心。想到这些，我的眼窝子就浅了起来。我的父母都是农民，他们就像麦子一样的朴实，靠种地为生，把我们兄妹三人抚养成人，吃尽了辛苦。多年来，他们辛勤劳作，将血汗洒在田地里，换得微薄的一点钱，

运用神态描写，写出了"我"的感动。麦子，极其寻常，却给予"我们"家极大的帮助和贡献。

供我们上学读书，极为不易。我初中毕业后，又读了五年的师范，后来幸运地成为了一名小学教师。两个妹妹也都读完了大专，可惜都没能找到如意的工作，现也都已经结婚成家了。真不敢想象这些年是怎么熬过来的，或许是得了麦子朴实坚韧品格的滋养吧，我们一家才变得那么的坚强，在风雨中一步一步咬着牙走了过来。

强调麦子对全家的重要性。

这几年，我参加了工作，家里的经济负担轻松了许多。可是不久，因为结婚，我又贷款在城里买了房子，刚缓过气来的父母亲又为我挑起了生活的重担。我于心不忍，又无能为力，尽管我一再阻拦父亲不要出去打工了，可是他是个倔强的人，怎么拦都拦不住。母亲也安慰我说，就让他出去吧，家里我一人能照应得了……想着想着，我的眼窝子又热了起来，一片曚昽中，眼前又出现了那片熟悉的麦田……

这是为人子女对父母的依恋，每个孩子，心中的根，都在故乡。同时也体现出父母亲对子女的关爱。

下午一下班，我就迫不及待地赶回了老家。我不放心家里的麦子和年迈的母亲。在夕阳美丽的抚慰下，我和母亲来到了麦地边，我看到了原本生机盎然的麦子被风雨吹得一片狼藉，心里又生出了丝丝疼痛。

父母已老，年轻已不在，可那又如何？儿不嫌母丑，只是因为年华飞逝，儿女的心与父母越近，越痛啊！

我和母亲就那样默默地站在麦地边，谁也不说一句话，一直待到夜幕降临。每逢家里遭遇到不幸时，父母总是以沉默的姿态应对苦难，我是最了解他们的心了。那一刻，初夏的晚风轻抚着我们，我能感觉到一只小飞虫画着弧线从我们的面前经过，心里的悲伤也似乎正被它们一点一点地带走了。在一片叶影迷离中，在一片动听的虫唱里，我似乎看见了麦子的头颅正在一点一点地抬起，抬起。

麦子让"我们"全家懂得坚强，即使是遭受挫折，也能重拾信心，再次向着希望出发。

后来我想，在那一刻里，倒伏的麦子肯定也感觉到了，就在它们的旁边，有两颗温暖的心正随着夜虫的鸣唱有力地跳动着……

本文借物抒情,以"麦子"为中介,来表达自己对年华已逝的父母亲的爱。在作者的记忆中,麦子在不同的时期,为他的家庭解决了困难。题目为"麦子的心",是作者表面对麦子的爱,心疼麦子,其实更心疼的是自己的父母。父母对麦子的苦心经营,才使"我"在清苦的生活中成长起来。通过写麦子来表达对父母的爱。

朱禹宣 ◎ 评

═══ 知识链接 ═══

　　麦子,单子叶植物,禾本科。一年生或二年生草本。茎秆中空,有节。叶长披针形。穗状花序称"麦穗",小穗两侧扁平,有芒或无芒。果即麦粒。按播种期分冬小麦和春小麦。世界各地都有栽培。子粒主要制面粉,皮可作饲料,茎秆可用于编织等。

人生最好的伴侣

时光飞逝，冬去春来，一年的快乐时光已在书页的翻转中悄然溜去，书也定将成为我们人生中最好的伴侣，我们的阅读生活也将迎来更加明媚的阳光。

文／朱国来

人生最好的伴侣

女儿渐渐长大了，突然就迷上了图画类的故事书，每天晚上入睡前必要读上几页，才肯睡觉。可是我的藏书多是些大部头的文学名著，并不适合她阅读。幸好家离少儿图书馆较近，于是我就带着她去办理了一张借阅证。

就这样，女儿的借阅生活在图书馆中开始了。

记得那天，一进少儿图书馆，女儿就兴奋得不得了，扑在架前的图书上就迫不及待地翻阅了起来，每每看到精彩处就乐得手舞足蹈。图书馆里专门设有供孩子读书的小桌椅，我就让女儿坐下来慢慢地读。女儿今年刚刚4岁，不认识几个字，只喜欢看些图片，看到她高兴得小脸发红的样子，我竟然感动得濡湿了眼眶。

时光一下子飞到了二十多年前，那时的我还是个孩子，正是好奇心蓬勃绽放的年龄，对书籍的强烈渴望，是现在的孩子很难体会得到的。农村家庭里很难觅得一本像样的书，除去破旧不堪的教材之外，惟一可以阅读的就是小人书了，在那些斑驳褪色的黑白版画里，不知流淌着多少恍惚空灵而又旖旎动人的童年梦幻。童年，正是阅读的美好季节，我显然是与她擦肩而过了，也只能留待少年以后，在错位的阅读时光里去恶补童年的遗憾了。从这一点上来讲，我的阅

开头一句交待故事发生背景，女儿想看书，"我"家门口就有一个图书馆，借阅证满足了女儿的求知欲。

承上启下的过渡作用。

运用动作描写、心理描写来表现女儿喜欢看书。

女儿不认识字却看得兴高采烈，再次突出女儿爱书。

内心的感动将思绪拉入回忆中。

采用倒叙手法，回忆自己当年对读书的渴望。

交待当年社会情况。以艰苦的环境衬托出"我"极其热爱读书。

时光飞逝，阅读兴致也不复存在。

议论手法，描写心灵的享受。

书，是伴侣、恩赐、财富也是精神的家园、心灵的田园。

结尾描写书的常用和生活中的无处不在，体现书的重要作用。最后深化主题，画龙点睛：要热爱书，热爱阅读。

读生活是从少年以后开始的。可从那以后，却找不回童年的那份如春草发芽一般蓬勃的阅读兴致了。

现在的孩子真幸福啊，有这么多的好书相伴，在这温暖如春的空调室内，捧起一本好书来，真是一种难得的心灵享受啊！王小波说："人生苦短，每个人必须找到一本好书才能快乐地活下去，而这本好书就是人生最好的伴侣。"是啊，书不仅是我们的好伴侣，还是我们享用一生一世的恩赐，是我们借阅一辈子的财富。当所有的往事都伴随着岁月流逝而远去以后，书香却日久弥增，突然间我们会发现书的海洋才是我们圣洁的精神家园，是我们诗意栖居的田园。当我们迷惘时读上一本好书，无异于在心头开出一朵清芬的花朵，让心情芳香四溢；当我们伤心时，读一本好书，就仿佛在心底搭建起一个为灵魂遮风避雨的港湾；当我们高兴时读一本好书，到达愉悦的峰顶才会顿然发现生命的美好与短暂……

时光飞逝，冬去春来，一年的快乐时光已在书页的翻转中悄然溜去，书也定将成为我们人生中最好的伴侣，我们的阅读生活也将迎来更加明媚的阳光。

以女儿看书开头，引出"我"对书的感想与怀念，结尾深化主旨，画龙点睛，升华中心，总结全文。要喜欢看书，爱看书，在阅读中体验生活，在生活中领略阅读。

让阅读融于生活，珍惜每一寸阅读时间。

张泽群 ◎ 评

知识链接

小人书学名叫连环画，是中国传统的艺术形式。兴起于20世纪初叶的上海。1949年后小人书发展进入高潮期。1966年，"文化大革命"开始后，中国的连环画创作基本处于停滞状态。小人书是根据文学作品故事，或取材于现实生活，编成简明的文字脚本，据此绘制多页生动的画幅而成。最为传统的是线描画，工笔彩绘本是连环画中的一大形式。

文／江边鸟

别让辜负
成为人生的标签

"未哭过长夜的人，不足以语人生。"留下这句哲理箴言的是托马斯·卡莱尔，他是19世纪苏格兰评论、讽刺作家、历史学家，代表作有《法国革命》《论英雄、英雄崇拜和历史上的英雄业绩》《过去与现在》。他的作品在维多利亚时代甚具影响力，到了21世纪的今日，我们依旧习惯称他"文坛怪杰"。

托马斯·卡莱尔有一个众所周知的爱情故事，不过他最终扮演了"辜负者"的角色：家境不错的简·威尔斯是个聪明又迷人的姑娘，由于倾慕托马斯·卡莱尔的才华，她放弃很多待遇不错的工作，选择做托马斯·卡莱尔的秘书，日日夜夜陪在他的身边。托马斯·卡莱尔被简·威尔斯打动，成为了一对幸福的小夫妻。婚后，简·威尔斯并没有"退居二线"，而是继续做托马斯·卡莱尔的秘书。后来，简·威尔斯不幸染病，全身心投入写作的托马斯·卡莱尔太粗心，没有及时劝阻操劳的简·威尔斯。甚至简·威尔斯病倒，托马斯·卡莱尔也依旧以自己的写作为先，很少抽时间去陪伴病妻。

简·威尔斯去世后，托马斯·卡莱尔悲痛莫名。一天，他来到简·威尔斯的房间，坐在她床边的椅子上，

文章开篇设下悬念，引起读者思考，暗示了下文托马斯的命运。

第一段简略介绍了托马斯·卡莱尔的业绩，使他的形象更加立体，突出他的伟大成就。

这个词暗示下文托马斯的悲惨命运。为了和自己爱的人在一起，简放弃了自己的一切，却未能得到相应的回报。

托马斯因热衷于事业，没有多少闲暇来陪简，即使简生病了也没有给予关爱。这说明了托马斯对事业的重视超过家庭，对自己的妻子不够关心。

看到床头柜上放着简·威尔斯的一本日记，便顺手拿起来看。看了一些后，他震惊了，他看到她这样写道："昨天他陪了我一个小时，我感受到天堂般的幸福，我真希望他总这样。"

他意识到自己忽略了很多。一直以来他都把精力投入到工作中，对妻子那么需要自己竟全然不知。然后，几句令他心碎的话映入眼帘："我一整天都在倾听，期望大厅里能传来他的脚步声，但是现在已经很晚了，我想今天他不会来了。"

托马斯·卡莱尔又读了一会儿，然后放下日记本，冲出了房间。朋友在墓地找到他时，他满脸泥浆，眼睛哭得红肿，泪水不停地从脸庞滑过。他反复念叨着："假如当初我知道就好了，假如当初我知道就好了……"但为时已晚，托马斯·卡莱尔深爱着的简·威尔斯永远离他而去，他陷入了辜负爱妻的懊恼中。

爱妻的离去让托马斯·卡莱尔备受打击，这也是意料中的事情。但是，让人震惊的是，托马斯·卡莱尔几乎彻底放弃了创作，再也没有任何新的作品问世，深刻的历练让他留下之前的那句哲理箴言。"文坛怪杰"的"提前退场"着实让读者遗憾，用时下流行的话来说，这实实在在地伤了广大粉丝的心。

小杰克就是广大粉丝中平平常常的一个，他为托马斯·卡莱尔深邃的思想和风趣的文笔所吸引。每当有托马斯·卡莱尔的新著问世，他总是第一时间去书店采购。托马斯·卡莱尔在各地的演讲，小杰克也会贴身跟随，不愿意错过任何一次心灵洗礼的契机。可是，痛失爱妻的托马斯·卡莱尔让小杰克的崇拜难以为继，封笔的托马斯·卡莱尔切断了他和粉丝之间的联系。

不过，小杰克并不甘心在"故纸堆"里和托马斯·卡莱尔亲近，他想用自己的努力改变消沉的"文坛怪杰"。于是，小杰克开始用书信的方式和托马斯·卡莱尔联系，还会引用托马斯·卡莱尔著作中一

没想到仅仅一个小时的陪伴就已经让简十分满足，但托马斯的事业却让他连一小时的空闲也不多有，体现出简对家庭幸福的渴望。这句话尽显简的失落与无奈。

此处省略了托马斯哭时的情景，而悲痛与后悔的情感通过下文的描写表现出来。

解释开篇引用句子的用意。

引出下文托马斯让小杰克失望等一系列事，为下文埋下伏笔。

这几句表现出小杰克对托马斯的崇拜。

指托马斯以前的著作，表明他希望托马斯重操旧业。

些有趣的段落，字里行间都是对偶像安慰和鼓励。小
杰克并没等来托马斯·卡莱尔的任何回复，他不知道
是托马斯·卡莱尔没看自己的信，还是根本听不进自
己的规劝。

　　小杰克并不灰心，他还亲自去托马斯·卡莱尔
居住地去探望偶像。那是托马斯·卡莱尔N+1次去
简·威尔斯墓地，返回后心情依旧是浓稠得化不开的
忧伤。托马斯·卡莱尔对小杰克精心准备的礼物视而
不见，小杰克随后的一堆温暖的、鼓励的话，也没让
托马斯·卡莱尔抬下眼皮。那一种受伤的感觉，就像
病中的简·威尔斯，在无望的渴求中，热情渐渐地凋
零了。

次数之多，表明托马斯心情仍十分
悲痛，形象地刻画出他抑郁的心情。

　　托马斯·卡莱尔在辜负爱妻后，又辜负了钟爱自
己的粉丝，小杰克从此淡出了托马斯·卡莱尔的生
活。或许托马斯·卡莱尔自己都不知道，辜负成了他人
生尴尬的一道标签，从而也让本应缤纷而厚重的人
生，很不幸地有了抹不去的遗憾和伤痛。

用简的失望类比，表现了托马斯给
小杰克（广大粉丝）很大伤害，不懂得
珍惜现在使托马斯失去了很多。

照应标题。

　　其实，与其"哭过长夜"再"语人生"，倒不如该
珍惜的时候珍惜，绝对不轻易辜负不该辜负的人。那
么，自己的人生更美满的同时，也会让被珍惜的人获
得幸福。

结尾照应开头，升华主题，号召大
家：珍惜现在的，不辜负人生。

　　时间就像一艘漂流在大海上的小船，当你错过了它又想重新追回时，它已经消失
得毫无踪影。因此我们要珍惜拥有，即使是每一块小小的片段也不要错过，因为它
们都有独特的意义；就算错过了过去，也不要悔恨，因为悔恨会带来更多的辜负和
生命的浪费，就像文中的托马斯一样，不要做一个辜负他人的人。

季广达 ◎ 评

▰▰ 知识链接 ▰▰

托马斯·卡莱尔的经典语录：

1. 思想是人类行为之本，感情是人类思想的起源；而决定人类身躯和存在的乃是人类无形的精神世界。

2. 世界上最神秘的莫过于时间，那个无始无终、无声无息和永不停止的东西，叫做时间。它像包容一切的无际海潮，人们和整个宇宙好似漂泊海潮上的薄雾，像幽灵那般时隐时现。

3. 一个人首要责任是征服恐惧。人们必须摆脱恐惧，否则一事无成。一个人不把恐惧踩在脚下，那么，他的行为就是奴性的，不真实的，而且是华而不实的；他的思想是虚伪的，他所思所想也如同奴隶和懦夫……总之，要无所畏惧，不论现在或将来，一个人战胜畏惧的程度将决定他是怎样一个人。

4. 欢笑是以真诚和忧伤作为基础的，正像彩虹要以凶猛的暴风雨作为基础一样。

5. 未哭过长夜的人，不足以语人生。

6. 我所说的宗教信仰，是指一个人实际上信仰一个事物（这种信仰甚至不必向自己起誓许愿则已足够，更不必向他人表白）；是指一个人实际上铭记心灵深处的事物；而且能确切了解他与这个神秘世界的至关重要的关系以及他在这个世界中的本分和命运。这对他来说，在任何情况下，都是首要的事情，而且创造性地决定其他一切事物。

7. 苦难只是一个体验性的话题，它通常只对穿越苦难长廊的人，才讲出自己最深层的涵义。凡穿越苦难而又获取其涵义的人，差不多都已经具有了在苦难中使生命获得升华的能力，这种能力使他们可以用恬淡的微笑和平安的心灵，来抵制，甚至嘲笑和讥讽苦难世界对他们的威胁。然而，获取这种能力的人，并不一定是那些声名显赫的思想家或哲人，他们常常是那种泥土般质朴的人。

文/麦秸

缟獴的生存智慧

缟獴，非洲大草原上一种小型哺乳动物。

凶悍的狮豹，贪婪的野狗，凌厉的禽鸟，全都将它列入菜单。

缟獴，筑巢群居。首先，年轻的雄獴钻出来侦察，如果没有敌人埋伏，它就发出一种奇特的叫声，通知首领和全体成员登场。伊拉，是这个族群的"女王"。它的丈夫欧度，是最杰出的斗士。另一只成年缟獴塔库，是捕猎专家。它们共有19名成员。

天空一片漆黑，滂沱的暴雨从天而降。缟獴的巢穴岌岌可危。欧度和塔库，冒着风雨加固洞穴的墙壁，以确保安全。因为，一周后，这里就是"育婴房"，包括伊拉在内的雌缟獴们，将在同一天当上妈妈。

三周后，新出生的小缟獴即将爬出洞穴玩耍。健康的小缟獴活泼伶俐，很快就能够跟上族群的行动。然而，一只叫凯瑟的"小男孩"，不仅异常瘦小羸弱，且是个瞎子。幼崽出洞，首先举行一个确认气味的仪式。成年缟獴舔舔闻闻、噌噌摩摩，辨认并记住小缟獴的气味。这对缟獴族群十分重要，所有的成员都必须参加。

可，有一个小家伙却迟到了。它就是又瘦又小，紧闭双眼的凯瑟。虽然，它很有可能成为族群的累赘，但伊拉带头舔了它，于是大家纷纷效仿，接纳了它。小

缟獴在残酷的食物链中处于很低的位置，想要得以生存，就必须要有出众的生存智慧，开门见山。

运用拟人手法，介绍了这个家族的主要成员及它们的职责。为下文故事情节埋下伏笔。

介绍雄性缟獴的责任，表现出家族的团结。

凯瑟出场，对其进行简单的描写，为下文凯瑟遇到一系列麻烦埋下伏笔。

天生弱小决定着它们时刻都会面临死亡的危险，所以必须想尽一切方法来保证家族的完整。这一仪式也是缟獴生存智慧的体现。

伊拉带头，大家效仿，表现出"女王"地位高，家族以它为中心团结一致。

缟獴并不一定由自己的亲生父母照料。除了群体的照顾外，幼崽可以亲近、依赖任何一个成年缟獴。塔库，成了小凯瑟的"监护人"。

每一只成年缟獴都有抚养小缟獴的义务，体现出它们的团结、互相帮助。

为了安全，缟獴每隔几天就要搬一次家。因为如果不常搬家，它们的味道就会积累，引来捕食者。在搬家前，成年缟獴会再次确认幼崽的气味，以防途中走失。伊拉叼着一只幼崽走在最前面。它知道走哪条路，才能最快、最安全地到达目的地。族群前进的速度很快，凯瑟很难跟上。

缟獴经常搬家说明它很谨慎。

在一片开阔地带，缟獴们都忙着抓屎壳郎、蝎子补充营养，而凯瑟却只能闭着眼睛拼命大叫。叫声引来一只饥饿的地犀鸟。说时迟，那时快，正在放哨的塔库像离弦的箭一般，冲过去……

把塔库比作离弦之箭，生动形象地表现出了它的灵动与机敏，以及保护凯瑟的责任心。

虽然，眼睛看不见，凯瑟开始努力学习觅食和辨别气味。并在塔库的"指导"下，学会了辨别同伴的叫声，及时采取行动。同时，自己也不断发出叫声，和大家保持联系。旅程中，它竭力跟随同伴的气味前进，争取不拖大家的后腿。

凯瑟很勤奋，虽弱小却有强烈的生存欲望。它争取不拖大家后腿，以免为同伴带来危险，具备很强的团结精神。

初夏，草原上到处都是丰茂的青草，食物充足，动物们可以尽情地享用。尽管凯瑟已经三个半月大了，但它的个子还是很小，眼睛还是没有睁开，觅食还是十分困难。它能够活下来，完全是因为它的顽强，还有族群的接纳、塔库的照顾。塔库总能带回双份的食物，和饥肠辘辘的凯瑟分享。

既是景物描写，也写出了时间的推移。

狮子，通常喜欢猎杀大个的、肉多的动物。但时运不济，饥不择食时，也会把目光转向缟獴。

与前文塔库是捕猎高手相照应，缟獴家族分工合理，让捕获食物多的来照顾觅食能力弱的。

"瞿～瞿～"——有情况！得到报警，雌性缟獴赶紧带着幼崽，到安全的地方躲藏。而地位较低的雄性缟獴，则负责引开狮子的注意力。碰到狮子，缟獴们不能钻到洞穴里藏身，因为地面潮湿松软，狮子很容易把它们挖出来，吃掉。

缟獴反应机敏，井然有序。

缟獴们施展浑身解数，四散溃逃。在一片慌乱中，凯瑟不幸落在了后面。它意识到了危险，拼命地叫喊求救。塔库用叫声回应着，并折返到凯瑟旁边来回跑动，用叫声告诉凯瑟逃生的方向。"瞿～瞿～"又一阵惊恐的叫声，大家才发现，还有一只幼崽也身陷险境。它的旁边，有一只流着口水的猎豹。狮子也循声而去。危急关头，欧度铤而走险，试图营救。但这是一个致命的错误，它们，各自成了狮、豹协同合作的战利品。

成年缟獴不顾生命危险来保护幼崽，体现出高度的团结。

幸存的缟獴返回洞穴。对伊拉而言，欧度的死是个沉重打击。缟獴们挤挤挨挨，舔它、抱它、安慰它……但也有一个好消息：凯瑟的眼睛终于睁开了。它忠诚地守护着伊拉和塔库。以它的勇敢和顽强，将成为族群中地位最高的雄性，帮助伊拉领导族群，保护族群……

欧度虽犯了致命错误，但它是智慧的，它为了救幼崽，不惜牺牲生命，是团结与爱的体现。

行文曲折，结果更是让人惊奇。难道是成年雄缟獴们将生命置之度外来保护家族的行为和欧度的牺牲击醒了它，弱小的凯瑟竟变得强大，以同样方式来保护家族。

缟獴，真是一种奇特的物种。它们的相互帮助，它们的聪明伶俐，令人惊叹。这些小动物们强大的生存能力，不仅仅是个体的伶俐，聪慧，而是它们种群的高度团结。是集体的力量和智慧，创造了非凡的生命力。

缟獴的确是一种奇特的物种，它们高度团结、互助，有责任感。

精神上的强大弥补了肉体上的弱小，这便是它们生存下来的原因。

　　全文以曲折的情节描写一只连觅食都困难的小缟獴在团结的家族的关爱照顾下变成一位"战士"的成长经历。正如作者所说，缟獴的确是一种神奇的生物。它们肉体上如此弱小，在草原上几乎时刻都处在险境之中，却有着无比强大的求生欲望和生存能力。众人拾柴火焰高，它们懂得以高度团结、互相帮助以及保护家族的神圣使命感来与外界的威胁相对抗，以求得生存繁衍。

　　再看一看当今社会，"一个人是条龙，一群人是一条虫"的现象普遍存在，团结合作竟如此困难，原因是没有人与人之间的相互信任以及每个人心中的责任感。与其你争我斗，倒不如学会团结一致，以集体共同的力量和智慧来前进。缟獴是我们学习的榜样。

卢家锋 ◎ 评

━━━ **知识链接** ━━━

　　缟獴 (Mungos mungo)，又称非洲獴、斑纹灰沼狸、横斑獴，是缟獴属下两个物种的其中之一，主要分布在非洲中部和东部。成年的缟獴可长至0.3～0.4米，尾长0.2米，体重1.6～2.3千克。缟獴周身长满棕灰色的短毛，背部有深色的条纹。缟獴是在日间集体活动的动物，一个集团的大小从4～40只不等。缟獴主要是肉食者，喜欢吃甲虫、蚱蜢、白蚁、蜗牛、蝎子、鸟蛋、爬行动物的蛋，甚至啮齿目动物和蛇，偶尔也吃落到地上的水果。

　　缟獴的肛腺会分泌出气味强烈的液体，用来标志领地，也用来互相辨认。

写作技法积累

文学艺术表现手法

　　文学艺术表现手法也可称为文学艺术表现方法（或表达技巧），凡是能使文章整体或部分产生鲜明强烈的印象，达到感染读者的艺术效果的手段或方法，都可视为表现手法。主要着眼于使文章的整体或部分产生效果。

　　常见的表现手法有：赋、比、兴、烘托、象征、用典、白描、蒙太奇、托物言志、借景抒情、心理刻画、寓庄于谐、联想和想象，等等。

文/荞小麦

向生活索取一个梦想

　　1976年，18岁的加拿大青年特里·福克斯，因非常严重的骨肉瘤癌，接受了右腿截肢手术。一开始，他大哭大叫，向医生乱发脾气。可当他得知，一个只有10岁大的男孩，和他有着同样的不幸，却乐观坚强地用一条腿走路、骑车时，深深地被震撼了。他觉得自己不该痛苦消沉，而应为和他同样不幸的人，做点什么。

　　一年半的化疗之后，他告诉癌症协会：他要跑步穿越加拿大，让两千四百万加拿大公民，每人捐献一块钱，作为癌症研究基金。癌症协会抱着半信半疑的态度，将他"疯狂的、不能实现的梦想"命名为"希望马拉松"。但就在特里准备踏上希望之旅时，他感觉到眼花、头晕，看东西时总会出现重影。此时，特里完全有理由取消计划，但他隐瞒了一切。

　　1980年4月12日，特里的"希望马拉松"开始了。每天凌晨四点半，路上静悄悄的，周围还是一片漆黑，特里就从睡袋里爬出来，开始新一天的马拉松。他一天要跑42公里，相当于一个标准的国际马拉松赛程。他的残腿被假肢磨破出血，疼痛难忍，头晕和视觉重影不断在折磨着他。可他还是坚决不允许自己有任何懈怠。

　　特里跑了近一个月，许多人仍对他抱着怀疑的态

　　当特里得知了一个比他还小的男孩和他遭遇了同样的不幸，却乐观面对生活，特里被深深地震撼了。

　　转变后的特里开始构思自己的梦想，引起下文。

　　特里此时有了一个梦想，为了梦想，他决定无论如何都要坚持下去。

　　描写了特里所遭遇到的困难和永不放弃的精神，表明了他坚持梦想的巨大决心和毅力。

度。在一段1600公里的繁华公路上，他只募集到少得可怜的35加元。在加拿大著名的魁北克，他的义跑活动几乎没有留下任何印象。但特里却有一个坚定的信念："不管别人怎么想，不管发生什么事，我都会跑下去。"

就这样，特里在怀疑、冷寂中连续跑了101天。当到达一个叫梅克里的小城时，由于过度疲劳，引发了诸多并发症，不得不听从当地医生的劝告，休息了一天。次日凌晨四点半，又继续上路了。终于，特里的坚韧、顽强，感动了小城的媒体记者，他为特里做了一次直播专访。这使特里·福克斯一下子成了新闻人物。

人们翘首以待，欢迎他的到来：在多伦多市政大厅，成千上万人欢呼着，迎接特里；正在烫头发的女人，来不及摘掉发卷；实验室的工作人员，停下手里的工作冲到大街上，都想见一见这个顽强、勇敢、坚定的年轻人。为此，炎炎烈日下跑了好几个小时的特里，常常在癌症协会安排下，不得不牺牲掉午餐、晚餐以及休息的时间，接受采访或发表演讲。一些活动，甚至让他折返、绕远，跑到更远的城市。不过，令他感到欣慰的是，他的辛苦付出，都没有白费。每条大街小巷、每个角落，都有人为他欢呼鼓劲，慷慨解囊。曾经感动他、改变他的那个小男孩，特意从家乡乘飞机来看望他、陪伴他。他们成了彼此的朋友、英雄、偶像。然而，这却是他们最后的相聚。

特里的马拉松之旅，进行到第143天时，他感到胸部疼痛难忍，窒息咳嗽，呼吸困难，就连一只苍蝇在脸上爬来爬去，他也虚弱得无力将它轰走。1980年9月1日，特里不得不带着遗憾，提前结束了"希望马拉松"。被送到皇家哥伦比亚医院，接受第二次化疗。他的癌细胞已扩散到肺部，整整10个月，特里时而清醒，时而昏迷。但他仍然关注着当时紧急组织的全国电视募捐活动。捐款很快就超过了2400万加元，实现了特里"让每个加拿大人捐献一块钱的"梦想。

左侧批注：

承上启下，写出人们对特里的怀疑态度，这是整篇文章的转折处，起过渡作用。

运用了排比的修辞手法，生动形象地写出了人们对特里的敬佩以及想见他的急切，烘托出特里此时的影响力之大。

写出特里为了募捐比以前更加辛苦。

用小男孩的崇拜写出他在人们心中地位之高。结尾一句转折，引出下文特里的身体状况变差。

用很短的篇幅描绘出了特里的坚强以及人们对他的感动及敬仰。

同时，他也成为了加拿大历史上最年轻的"加拿大勋章"获得者。但特里淡然地说："我不在乎自己是不是英雄。是梦想一直在支撑着我。我只要活一天，就会拼尽全力，向生活索取它。"

特里燃烧了自己的青春和生命，为千千万万的癌症患者，点燃了新生的希望。可他本人却坚决拒绝挪用一分钱。他明确表示："这是为癌症研究募集的基金，不允许任何人包括我自己玷污这笔募捐。"1981年的夏天，特里带着全加拿大同胞的敬仰和祝福，去了天堂。

今天，"特里·福克斯基金会"是这个梦想的守护者。他们每年都会组织"特里·福克斯希望马拉松"慈善义跑。这是迄今为止，世界上最大的为癌症研究募集资金的公益活动。

与文章题目相照应，点明文章主题，是文章主旨所在。

特里为了自己的梦想，以自己有限的生命坚持着，他的事迹感动我们每个人。

写出特里梦想实现后带给后世的影响，意在说明向生活索取的梦想都是很有意义的。

　　向生活索取一个梦想，生活会给你一个希望，特里索取了一个属于他的梦想，燃烧自己的生命，为千万名癌症患者点亮了生的希望。

　　我们每个人都有这样一个梦想，抓住它，为之努力，为之拼搏，为点亮希望而斗志昂扬。不论你有何缺陷，或是身处何地，抓住你的梦想，成就你的价值！

王天豪 ◎ 评

■■■ **知识链接** ■■■

　　马拉松(Marathon)是国际上非常普及的长跑比赛项目，全程距离26英里385码，折合为42.195公里（也有说法为42.193公里）。分全程马拉松(Full Marathon)、半程马拉松(Half Marathon)和四分马拉松(Quarter Marathon)三种。以全程马拉松比赛最为普及，一般提及马拉松，即指全程马拉松。

文／听梅花开

穿过岁月的凝望

推开那道柴门，三奶奶向西边走去。在村西头的拐角处，习惯地举起右手，搭着凉棚，向西望去。

也不知她在这儿望了多少回。自从前年冬天三爷爷去世，她就不再望着那大关道上来来往往的大车小辆，也不再望着北面那片广袤的黑土地，一切是那样的熟悉，那泥土的气味都是那样的熟悉，不用细数，一眼就能码定属于自己的那些田垄。三奶奶的目光从这些物件上一一掠过去，再高些，再远些，穿过邻村，一直向西——在那个叫横断山的山梁上，是祖宗的坟茔地，三爷爷就埋在那儿。她在心里盘算着，怎么数，在她的同辈人里，也只剩她一个了。从前，哥们姐们热热闹闹的，半村子本家，都走光了。剩下的，这些晚辈们像树桩一样，渐渐遮住了她向外望的眼神。

三奶奶现如今已是七十多岁的人了，一个人顶门户过日子。在全村也算个整劳力呢！她一生生养六个儿女，用三爷爷的话说，全全乎乎的。三爷爷一生体弱多病，生活的重担都压在三奶奶肩上。眼看着孩子们如初飞的小鸟，转眼都飞离了她的视线。

闲暇里，她总是在村西的拐角，望着西边。眼下，她也不用在天不亮就牵着牛去放了。连同牛车都给了三儿娶媳妇了，没够用，又加上了八袋子黄豆。

开头运用动作描写，交待了人物、地点，引出下文。

几个"不再"，运用排比句式，使奶奶前后的行为形成了鲜明的对比。

三爷爷的离世，同代人相继离开，突出三奶奶的孤单。

运用比喻的修辞手法，把晚辈比作树桩，生动形象地表达一代代茁壮成长、更新换代的情形。

运用比喻，把孩子们比作初飞的小鸟，生动形象地写出孩子们离开了三奶奶，更加突出三奶奶的孤单与孤独。

从前，她在这望啊望啊，她的心里装的是儿女。

大女在二十几岁时，嫁了一个关里的女婿。千重山，万重山。也割不断母亲思儿的心。三十多年过去了，音信皆无。三奶奶常想着，盼着；盼着，想着。她多希望在南来北往的大客车里，看见她的大女。

三奶奶依旧望着那条大关道，大儿子在城里的煤矿工作，这十几年里，回家的日子实在有数。怕媳妇怕得厉害，三爷爷去世时，他回来了一次。至今还说老太太不公平，嫌他结婚的时候花的钱少。

二儿子已过了结婚年龄，找了一个二婚的。三奶奶倾其所有，也不够。吹了成，成了吹。最后，三奶奶无奈，签了五千元的欠条。儿媳妇才算过了门。

转过年，又开始为三十多岁的三儿子张罗婚事，对方也是结过婚的。三奶奶硬着头皮应下了这门亲，但对方开价并不低，而且还要一万元礼金钱。

秋粮入仓，缴完公粮，三奶奶开始为三儿张罗婚事。一年的收入全盘托出，又加上八袋子黄豆，三头老牛，还有老太太的两间草房。

就因这，二儿媳妇又生气了，三儿花得多，还是老三养老吧。

三奶奶得罪了两个儿媳妇，她们都不登门了。

三奶奶常想不明白，自己心中那杆秤，怎么就秤不准呢？

日子像流水一样过着。

农忙时节，依旧是她一个人，打理着自己的几亩土地。

播种着，收获着。渐渐地，她觉得：人啊，不服老是不行的。她望着西边那道梁，日头还没下山。

她不再望着那条大关道，汽车的金属在一闪而过的当口，常刺得她眼淌泪。她知道，没有希望的，反而有些绝望。谁也没有被她望回来，还是罢了。记忆中的大女儿，还是老相框里那二寸黑白照片上的模样，梳着两条大辫子。

表达出三奶奶对大女儿的思念，突出母爱的伟大，说明母亲心里无时无刻不装着儿女。

用三奶奶对儿女的爱与儿子对她的态度进行对比，说明儿子的不孝，只注重金钱，攀比，贪婪，自私，对亲情的漠视。

"硬着头皮"说明三奶奶为了儿女甘愿付出一切，宁可自己受苦受累也要满足儿女的要求。

表现出儿女的自私、贪婪，以及对亲情的漠视。

写出三奶奶的孤单，侧面写出儿女的自私，对亲情的淡漠。

用汽车金属刺得她流泪，暗示三奶奶对儿女们的思念：渴望着能够见到她的儿女们，但他们却都不愿回来看三奶奶，三奶奶因此伤心、失落，以至于绝望。

其实，三奶奶心里，还有一桩不愿提及的心事，也是最惦念的人，是老丫。这个老丫，15岁的时候，跟同村的二混子走了，至今没有音讯。想到这，三奶奶老泪纵横。

将三奶奶比作大老鸹，表现出她年老体衰的状态。

三奶奶累了，倦了，像屋后树枝上的大老鸹，飞不动了。

三奶奶一生都在操心儿女，担心儿女的一切，而儿女却不知回报，使三奶奶心寒。

她觉得这颗心被分成太多半了，想想，就疼。

她常常说，这日子过得太快了。来时的路越来越模糊了，而去时的路却越来越清晰了。

结尾扣题，深化主题，升华主旨。

她突然感到，眼睛不再盯着那条大关道和那片黑土地时，就什么也不想了。自己的日子不多了，用小品里的话说，过去是用分，现在是论秒了。好好活吧。这时，她觉得心里亮堂了。

点评

　　文中的三奶奶为儿女操劳了一生，付出了一切，可儿女们不但不懂得感恩，还因三奶奶给儿子们娶媳妇花的钱不一样而斤斤计较，互相推脱不照顾三奶奶，暗示人们对亲情已经渐渐淡忘，取而代之的则是金钱与虚荣，讽刺当今社会上这种不正当的风气。

　　"百善孝为先"，孝是我国的传统美德，古代的《二十四孝》，沉香救母、杨乞"彩衣养母"、缇萦"上书救父"，李应麟"孝感继母"……孝是衡量一个人的标尺，孝是我们华夏儿女的代名词，我们应心存孝，因为"血浓于水"；忘恩的人都会遭受到人们的唾弃，因为"丑恶的海怪也比不上忘恩的儿女那样可怕"，孝顺父母是我们每个人的天职，因为"对父母养育之恩的报答，也是对人类的一种尊重"。

　　让我们珍惜现在与父母在一起的每一分每一秒，孝顺我们的父母，"树欲静而风不止，子欲养而亲不待"。不要等到失去才懂得珍惜，让三奶奶的悲剧永不上演。

盖杭 ◎ 评

━━ 知识链接 ━━

　　"空巢老人"一般是指子女离家后的中老年夫妇。随着社会老龄化程度的加深，空巢老人越来越多，已经成为一个不容忽视的社会问题。当子女由于工作、学习、结婚等原因离家后，独守"空巢"的中老年夫妇因此产生的心理失调症状，称为家庭"空巢"综合征。

文/吕保军

爱情不需要地震

　　"轰隆"一声，房子塌了！正在睡觉的我被掩埋在瓦砾下面，右腿给水泥板压住了。我不顾一切大叫："老婆快跑，地震了！"话刚一出口，才想起因昨天吵架，她负气回了娘家，恰幸运地躲过了这场灾难。

开头以地震切入主题吸引读者，引出两人之间曾发生了矛盾。

　　可我第一时间想到的还是她！昨天我俩吵得不可开交，她气愤地说，我再也不想看见你。我恼怒地回敬说，我也一样。谁想谬语成谶，老婆你恐怕真的要见不到我了。

　　我使劲睁开倦乏的眼睛，一只手下意识地在身体前后左右划拉。我的手触碰到了一个非常柔软的东西，拿过来一看，是只绒毛兔布偶。这是老婆最喜欢的一只布偶！我闭上眼，心头泛起一丝宽慰：有它陪伴，就算死也瞑目了。

　　不知过了多久，迷迷糊糊中，忽听头顶传来一连声熟悉的哭喊："老公！你还在吗？你还活着吗？老公！"是老婆的声音！我顿时喜极而泣，我想跟她说："老婆，我还活着，你快救我！"我还想说："老婆你看，我手里拿着你的绒毛兔布偶呢。"就在此时，大地又开始摇晃了。于是，我大喊起来："老婆，你快离开，这里很危险！你要好好活下去……"话未喊完，我就哽咽住了。听见老婆也在哭喊："老公啊，你不要放弃，马上就会有人来救你的！我们谁都离不开谁，我

描写了"我"与老婆的对话以及当时的神态，生动而传神地表现出两人感情深厚，当灾难来临时不离不弃。

那么爱你。"

"老婆，我也爱你！我……更爱你——"强烈的余震让身下的楼板在颤抖，头顶的一切摇摇欲坠。突然，一个非常坚硬的东西猛地戳向我的软肋，疼得我大叫：哎哟——

对周围恶劣的环境进行描写，更突出了"我"对老婆的感情真挚，在最危难时，表达出了对老婆深深的爱。

"三更半夜的嚷个啥？还让不让人睡觉了？"朦胧之中被踹了一脚，我一个鲤鱼打挺坐起身来，睁大双眼朝四周望去。房子没倒塌，大地没沦陷，一切如常。却见老婆正拿气鼓鼓的眼睛瞪着我，原来是个噩梦！假如我真的被废墟掩埋了，恐怕老婆才不往外扒我呢！我们白天刚刚吵完架，到如今气还未消呢。不然，她也不会下那么狠的力气可劲踹我了。

笔锋一转，写出这只是个梦境，使读者紧揪的心也慢慢地落地。

"鲤鱼打挺""睁大双眼"等词运用得十分精炼，将"我"在惊起时的动作描述得形象而生动。

老婆抢白道："白天跟我吵架，晚上也不让人安生！睡个觉你嚷什么？想接着吵么？"

我不顾一切地抱住她，流着泪说："老婆，我爱你。我爱你，老婆！"

老婆还没从白天的争吵中缓过味来，以为我发吃症呢。她气恼地要推开我，我却死死地抱着她不撒手。当我一五一十地把刚才的梦讲给她听，她沉默了，没有再推我。我诚恳地说："老婆，我是真的爱你的。我愿意为你奉献一切，一辈子不离开你。"老婆反问："那白天你咋还跟我吵那么凶呢？"

"我"对老婆爱意深厚，但平时却疏于表达，梦中的地震让"我"警醒，让"我"明白了爱是需要表达的道理，也更加懂得爱的珍贵。

沉思片刻，我轻叹一口气说："你就当是我制造的一场地震好了。"

一颗心被世俗生活的各种烦恼所掩埋，以致让人脾气暴躁，发怒使性子，找借口吵架。时不时来一场"地震"，会让我们懂得爱的可贵。平时我们轻易不愿说出那三个字，是因为我们心底的爱被废墟掩埋。爱情地震让我们勇敢地扒去心灵上的废墟，把深埋在心底的爱意大胆表露出来！

用老婆形象而生动的话语点明文章主题：爱情不需要地震。

"可是爱情不需要地震，就像生活不需要地震一样。"老婆终于原谅了我，她说："房屋坍塌、肢体被砸的滋味你在梦里也体会到了，不好受吧？每吵一次架，对我心灵的伤害就像一次地震。以后你若是不好受了，能心平气和地跟我倾诉一下吗？两个相爱的人，应该在风和日丽的天气携手共赏鸟语花香，不需要对方狂风暴雨式的发泄。女人就像那只绒毛布偶，总希望被心爱的男人时时刻刻捧在手心。如果你再制造一次地震的话，恐怕咱们的爱情大厦就要倾覆掉了。"

将女人比成绒毛布偶，这个形象生动的比喻使文章主旨更加明朗清晰。

我无语点头。爱情大厦需要夫妻双方一起用心维护和美化，一旦坍塌，再恢复原状可就难了。爱情，真的经不起几次地震。

结尾点题，总结全文，点明"爱情需要夫妻双方共同经营"。

　　作者通过一次梦境，而明白了爱意需要时常表达，不要等危难时刻才想起的道理。

　　不应该在经历危难时才知道彼此是爱对方的，不应该在生死一念才用力喊出内心最深处的爱意，如果那样，可能为时晚矣。

　　生活中，平平淡淡的相濡以沫，手牵手一起看细水长流，肩并肩一同观云卷云舒、花开花落，这才是真爱。爱情的大厦需要的是彼此爱心的维护，而不是当它坍塌、消失后才懂得珍惜，学习维护。

　　相信爱情如此，亲情、友情也如此。请让我们一同去珍惜现在拥有的，不要等失去了，才后悔没有珍惜。

　　没有任何一种感情需要地震。

欧俊含 ◎ 评

=== 知识链接 ===

全世界主要有三个地震带：

一是环太平洋地震带，包括南、北美洲太平洋沿岸，阿留申群岛、堪察加半岛，千岛群岛、日本列岛，经台湾再到菲律宾转向东南直至新西兰，是地球上地震最活跃的地区，集中了全世界80%以上的地震。

二是欧亚地震带，大致从印度尼西亚西部、缅甸经中国横断山脉、喜马拉雅山脉，越过帕米尔高原，经中亚细亚到达地中海及其沿岸。

三是中洋脊地震带，包含绵延世界三大洋（即太平洋、大西洋和印度洋）和北极海的中洋脊。

文/纪洪平

小丁之死

开美容美发店的小丁死了，死于一场感冒。我听到这个消息时，马上问："哪个小丁？"刚从发廊回来的妻子一再说："就是开发廊的小丁，给你剪头的那个小丁！"其实我早就听明白了，可第一反应还是大声喊叫起来："不可能，绝对不可能！"

让我如此过激的原因有好几个：首先就是小丁实在太年轻了，妻子补充说他今年才38岁！另一个就是我不相信感冒也能致人死亡，再一个就是突然对死亡产生了恐惧。

说起来这场感冒真的很怪诞，患者都是先发烧，而且持续时间长，很多人连打一周吊瓶也不见好。难道病毒也变异了？这些年不断有新名词的病毒出现，大有与人类先进的医疗科技一比高下的意思。

据说小丁得了感冒后，一直高烧不退，最后把肺子都烧白了，老百姓不懂医学术语，就用形象的词汇打比喻。再年轻的生命也架不住肺子给烧白了，一个年轻鲜活的生命，就这样简简单单永远消失了，让活着的人难以接受！

小丁，姓丁，叫什么左邻右舍没谁能说得出来，反正一提"剪头的小丁"，大家就不约而同想到了他。姓氏简单，名字简单，长相也简单，他个子不高也不矮，瘦瘦的身材，小小的眼睛，刀削脸，长长的头发，时常

开篇点题，引起下文，引发读者的好奇心，为后文写小丁感冒作铺垫。

通过语言描写写出"我"听说小丁死后吃惊的情景，从侧面烘托出小丁的死非常意外。

表现出这场感冒非同寻常。

"一比高下"表现出病毒的厉害和顽固，欲为小丁之死作出解释。

外貌描写，生动形象地描绘出小丁的外貌特点。小丁的平凡，由"简单"二字构成。

染成黄色，唯有一副金丝眼镜架在鼻梁上，配着一年四季都微笑的面孔和略显沙哑的嗓子，就构成了小丁全部的外在内容。

他当初在西新乡同心村与一汽接壤的地方开个小发廊，是租临街的一间小门脸，后来街对面一汽职工家属区建了一个新街区，他就果断租下新街区一楼的一个中门开店，名称也由理发店改为"小丁发艺"，并用多年积攒下来的钱，在同一街区买了一套住房。许多顾客都发出感慨：看看人家小丁，一个农村孩子，靠自己一双手，愣在城里扎下根，还买了这么大一套房子，咱们开工资的，拿出这么大一笔钱也不是件容易的事啊！

"小丁发艺"一下子又招来了好几个大工和小工，天天人来人往，生意比当年租街对面小平房的时候不知好多少。

如果就这样发展下去，小丁即使不能大富大贵，起码也像个城里人一样，活得有滋有味，既体面又不失尊严。可好景不长，几年后我再去"小丁发艺"，发现他经常不在，问起来店里的大工就说出门了。我问是进修去了吗？以前他出门，都是去进修，可对方闪烁其词，我知道有难言之隐，便不再问，也不再去了。

一年前，他又出现了，发现他比以前更显瘦了。他还是微笑着，主动与我打招呼，但我能感觉得到，他的笑有点讪讪的味道。想必他也明白，我知道他这些年去干啥了。不知受谁蛊惑，他一头扎进了传销行列，不但为此卖了那套令人羡慕的大房子，还将手下的大、小工带进去不少。一番折腾之后，两手空空又回到了起点，好在理发店还在，吃喝不成问题，但他的精神状态和理发店的生意都显得萎靡不振，再没有了昔日的蓬勃朝气。

也许，在他微笑的后面，是极度的失落，与其说是病魔夺走了他的生命，还不如说是他自己主动放弃了生活的勇气。"他把人生看得太简单了，太容易

插叙，写小丁刚来城市生活时的努力与拼搏。

顾客的语言描写侧面烘托了小丁刚到城市的生活不易及小丁的勤劳。

功夫不负有心人，小丁的勤劳与拼搏换来了理发店的生意兴隆。

"如果"二字，写出事情并不是按常理发展，而是产生转折，为下文作铺垫。

"讪讪"原指羞涩的、不好意思，难为情的样子，这里指小丁遇见"我"后有些许的尴尬。

揭示前文之谜，小丁经常不在的原因。

小丁进入到传销行列之后理发店萎靡不振与前文生意兴隆形成对比。

了……西方人都说三代人的努力才有可能培养出贵族来，小丁毕竟是从乡下爬出来的孩子啊……"老顾客们都怀着一种城里人才有的复杂心情这样说。

众人之语暗点主题。

我站在黄昏的寒风中看着那块"小丁发艺"的牌子，感到这个秋天无比的凋零和苍茫。

小丁之死，令"我"心里也不是滋味，表达出"我"惋惜和遗憾的心情。

作者以小丁之死作为线索为我们讲述了一个乡下孩子到城市做生意，最后却因为传销的蛊惑，落得两手空空，死于自己对生活的放弃的故事。小丁之死令人们伤心，却使人明白了一个道理：人生过于复杂，要一路前行，不应该踏上错误的道路，最后伤害的只会是自己。

郑舒文 ◎ 评

知识链接

古罗马时期，贵族是享有特权的公民。他们和平民阶级相对立，形成特权阶级的公民家庭集团。在公元前400年之前，贵族曾垄断一切官职和圣职。罗马皇帝必须是贵族出身，贵族免服兵役。4世纪以后，贵族逐渐演变成非世袭的荣誉头衔。贵族同其他阶级的最明显区别是拥有爵位。爵位可能是世袭的，也可能是非世袭的。

文／黄荣才

杀 牛

冬日的太阳像极了要坏掉的蛋黄，懒懒地挂在天空，没有什么精气神，天空中整个透出干冷来。农人们把手插进口袋里，三三两两地聚成几堆，有一搭没一搭地说着事。离溶田还早，尽管忙时牢骚不少，渴望能够清闲下来，可真的没什么活做其实也是很寂寞的事情。生产队的晒谷场整个弥漫着无所事事的情绪。

> 第一句写景，渲染了一种"懒懒"的气氛，表现出人们无所事事的状态。

生产队长来到的时候，也没几个人抬起眼皮或者闭上正说话的嘴巴，可当他吆喝了一嗓子之后，晒谷场顿时骚动起来，有种难以压抑的气氛开始流动。有人急急地从放农具的屋里搬出条凳，有人找出粗壮的绳子，还有的吆喝女人开始烧水。"要杀牛了"，这消息在几分钟传遍了村庄的角落，风烛残年，正在病床上挣扎的老牛倌张老汉是唯一不知道这消息的人。村民们迅速向晒谷场聚集，小孩子兴奋地跑来跑去，大人们不时呵斥一两声，可声调里整个透露出宽容和亲切。连懒洋洋地卧在那里的狗也爬起来，张望了一回，绕着人们逡巡。张屠夫进场的时候，接受了景仰甚至有点谄媚的目光迎接，他手里那把尺把长的屠刀在阳光下折射出亲切的光芒。

> 人们因为要杀牛而兴奋，一系列动作描写与前面"懒懒"的气氛形成鲜明的对比。

> 此处"屠刀在阳光下折射出亲切的光芒"，从侧面反映了人们心里对杀牛的期待。

老牛被人拉着慢慢走到场地中间，脚步蹒跚，完全没有当年的矫健步伐。谁能知道这头牛也曾被村民们以骄傲自豪的口吻向外人炫耀："我们村有头牛，一天可以犁三亩地。"犁地的好手都争着要驾驭这头牛，甚至不惜与派活的队长争执、与其他的驭手红脸，妇女小孩也愿意多割几把草喂养它。如今可是"好牛不提当年勇"了，没有几个人说到它的风光，有的只是吃牛肉的期盼和急切。

从牛的驯良反映老牛倌管牛有方。

老牛站在场地中间，昂起头"哞"地叫了一声，迈步走向晒谷场旁边的水沟喝水，人群自动闪出了一条路，看着老牛走过去。老牛喝了几口水，抬头望望，又"哞"地叫了一声，然后慢慢地走回来。人群又迅速地围拢来，"哞"，老牛又叫了一声。张屠夫迈着方步踱了过来，围观的人不说话了，把双手背在背后，拿着把稻草使劲摇晃，猴子的尾巴一样。据说这有个说法，人们活着的时候使唤奴役牛，人死后就要过牛坑，命运是让牛主宰的，所以现在背着手拿着草摇晃，意思是告诉牛：我想救你，还想拿草给你吃呢，可我双手被绑了，实在无能为力。颇有点事先打点争取好印象的意思。

人们因害怕死后遭惩罚而在牛面前进行"表演"，从这里可以看出人的虚伪。

牛是有灵性的，牛在被杀前落泪，更突出了人心的冷漠。

张屠夫挽起袖子，靠近老牛，摸着老牛的脖子。"哞"，老牛再次长叫一声，忽然前腿跪下，两只牛眼里眼泪吧嗒吧嗒地掉下来，把晒谷场上积存的灰尘砸出一个一个小坑。张屠夫顺势把尖刀捅进老牛的脖子，持刀的手稍微后退一点，把刀拉出一点，又立即一挽一抖，用力往前送，血喷涌而出，老牛哆嗦了几下，轰然倒地。

从这里的动作描写也可以看出人的残忍。

看到老牛倒地了，围观的人立刻扔了手中的稻草，笑嘻嘻地靠拢，有的积极地打水或者帮着褪毛。有心急的女人忙着回家烧水，准备煮牛肉汤了。当老牛被切割成一块一块的时候，没有谁提到老牛当年的健壮。场地上的男人已经筹划好中午得喝几杯自酿的米酒，念到名字的村民或自己动手或由孩子提着分到的牛肉往家赶，村里的炊烟陆续升腾起来，牛肉的香味弥漫着整个村庄。晒谷场已经没有人了，只有那摊

从"笑嘻嘻""积极"褒词贬用，说明了人对这场杀牛期待已久。

血迹还有痕迹存在，村里的狗为争抢舔食牛血已经撕咬了多回，现在也已经跑远了。村子有哭声响起，原来老牛倌的儿媳妇端着牛肉汤要孝敬老人时，才发现他已经断气多时。

　　人类的残忍与忘恩负义的一面，与老牛的忠诚灵性形成鲜明对比。人们无所事事，人们杀牛时的残忍，人们分肉时的贪婪，他们的每一个动作的动机都令人心寒，他们每一个人都是自私的，因为他们有一颗贪婪的心，老牛是无辜而可怜的，它为人类奉献一生，却终落此下场。作者通篇讽刺味道强烈，以此文批判了当时愚昧的人们的凶残。

詹天悦 ◎ 评

=== 知识链接 ===

　　依动物学而言，有泪腺的动物都会流眼泪，也就是说，除了水中生物 (不包括鲸、海豚、海狮、海豹、海狗等哺乳动物及海龟) 和没有眼皮的爬虫类动物 (如蛇、攀木蜥蜴等) 没有泪腺外，其他陆生温血动物都会流眼泪。不过眼泪主要是为了湿润和清洁眼球，防止角膜干燥受损，比较低等的动物，并不因为伤心而落泪。

　　牛或狗有些比较具有灵性，当遭遇委屈、伤痛或死别时，也会和人类一样伤心地流下眼泪。

文/小 白

疼痛的深水塘

开篇描写儿子被母亲捆绑，拖向深水塘，为后文设下悬念。

比喻，恐惧似寒刀，写出他恐惧的程度深，吸引读者继续阅读。

那是一个阴云密布的夜晚，母亲将五花大绑的儿子死命地拖向家门前的深水塘。那个深水塘很深很深，曾经淹死过不少人，他感觉寒刀一般的恐惧霎时从脚底升腾而起。

他的童年非常不幸。他的童年记忆中掩藏着一个深水塘。

点明文章背景，为下文"第一次与死神擦肩"作铺垫，推动故事情节发展。

四岁的时候，他的父亲蒙冤入狱，几个月之后就凄惨地离开了人世。母亲为了营救狱中的父亲，四处奔走，吃尽了人间之苦，以致无暇顾及孩子。由于无人照料，两个弟弟和一个妹妹接连患了重病，不久相继死去。

他的生命天空阴霾密布。死神在向他召唤，他气若游丝，感觉自己也将要追随父亲而去。也许是老天觉得自己过于残酷，生了悲悯之心，于是一缕轻柔的阳光透过云隙，照耀到了他的身上，他侥幸地活了下来。

母亲因他病好而欣喜若狂，她甚至变卖嫁妆供他读书，目的是想他将来能出人头地，为父亲洗冤雪恨。

他与死神擦肩而过，处于绝望边缘的母亲欣喜若狂。母亲把所有的希望都寄托在他的身上，变卖了嫁妆把他送进学校，以近乎残酷的方式督促他学习，希望他将来能出人头地，为屈死的父亲洗冤雪恨。

然而，他却不爱学习。他经常偷偷溜出教室，追随着鸟儿来到野外，赏田间的野花，看天上的流云，捉河里的游鱼。他没有想到，有一天学校的老师竟然找到了他家，把他逃学的事情告诉了他的母亲，还严厉地责备了母亲管教不严。母亲无言，只在一旁默默地流泪。

他回家以后，母亲问他，今天的功课学得怎么样，他依旧像往常一样撒了几句谎话。母亲仍旧无言。晚上，待他睡熟后，母亲跪在丈夫的灵牌前痛哭了许久，母亲万念俱灰，一个可怕的念头闪过脑海：既然活着毫无意义，不如一家人都到地下相会去吧。

母亲找出一根结实的麻绳，将酣睡中的儿子捆绑了起来。这时，他忽地从睡梦中惊醒，看到了披头散发、面目狰狞的母亲，顿时吓呆了，可是他却动弹不了，他立刻知道了母亲的疯狂念头，他痛哭流涕地哀求母亲饶了他这一回，但是母亲已绝望至极，面对他的哭喊无动于衷。

他清楚地记得，那是一个阴云密布的夜晚，母亲将五花大绑的儿子死命地拖向家门前的深水塘。那个深水塘很深很深，曾经淹死过不少人，他感觉寒刀一般的恐惧霎时从脚底升腾而起，充满了他的整个心胸。他觉得自己正在坠入死亡的深渊。他拼命地喊救命。

直到周边的邻居们奔出来，把母亲推倒在地，才救出了他。

他又一次与死神擦肩而过。

从那以后，深水塘成了他心底无比疼痛的深渊，母亲那绝望的面孔，成了一朵盛开在深渊里的花。

他再也不敢逃学了。不久，他以优异的成绩考上了上海大同大学附中。后来，母亲变卖了所有的家产送他去法国留学。他更加勤奋用功努力学习，不曾有丝毫懈怠。他以极大的热忱进入了多种艺术领域，他对法国著名作家的作品进行了深入而持久的研究。每当有懈怠的念头时，他就会想起那令他疼痛的深水塘，想起那个被五花大绑的少年，想起母亲那绝望而

他的所作所为与母亲的期望恰恰相反，终于母亲得知了他的情况，为下文母亲的绝望与疯狂作铺垫。

他的"放纵"，使母亲万念俱灰，最终她产生了同死的可怕念头。

母亲这样疯狂的举动似无人性，却透露着她心里的绝望与痛苦。

"阴云密布"，渲染气氛，呼应开头，说明这一刻给作者留下极深的影响，以致后来发生转变并产生质的飞跃。

第二次"与死神擦肩"，也使他产生转变。

深水塘被记在了他的心中，对他以后的生活产生了极大影响。

深水塘就是心中的警钟，使他时刻记起那夜所发生的事，促使他进步与成功。

排比，写出母亲对他的影响之大。

成功事迹，都离不开自己的经历，现在的所有成就，都源于母亲的良苦用心。

一语点破，无论是有着少时不良事迹，有着悲痛经历，还是光辉的成就，都结晶在一个人的身上——傅雷。

又爱怜的目光。正因为有过这样的经历，他才真正地触摸到了罗曼·罗兰的艺术灵魂，他才对莫扎特与贝多芬有了更深的理解，他才更加深切地体验到了一个伟大心灵的悲痛与抗争。

他把一生都奉献给了文学翻译事业。他翻译的罗曼·罗兰的《约翰·克里斯朵夫》，影响了一代又一代年轻人，激励着他们追求艺术，追求理想；他翻译的巴尔扎克的《人间喜剧》，奠定了巴尔扎克在中国人心中的写实之王的地位。他将巴尔扎克、伏尔泰、梅里美的名作以完美的形式展示给了中国读者，他的译作受到了文学界的广泛赞誉，成为了不朽的经典。

他就是傅雷。

　　本文开篇就写了可怕的深水塘，设置了悬念，然后一点点为读者揭开深水塘的秘密，使故事引人入胜。文章中的主人公几经生死，历经磨难，不断努力终成大器。这说明了苦难是人生的财富，历经苦难仍坚持不懈，终会赢得成功。

张赢丹 ◎ 评

=== **知识链接** ===

　　傅雷翻译的作品，共30余种，主要为法国文学作品。其中巴尔扎克占15种：有《高老头》《亚尔培·萨伐龙》《欧也妮·葛朗台》《贝姨》等。罗曼·罗兰4种：即《约翰·克里斯朵夫》及三名人传《贝多芬传》《米开朗琪罗传》《托尔斯泰传》。服尔德（现通译伏尔泰）4种：《老实人》《天真汉》《如此世界》《查第格》。梅里美2种：《嘉尔曼》《高龙巴》。莫罗阿3种：《服尔德传》《人生五大问题》《恋爱与牺牲》。此外还译有苏卜的《夏洛外传》，杜哈曼的《文明》，丹纳的《艺术哲学》，英国罗素的《幸福之路》和牛顿的《英国绘画》等书。

文 / 马敬福

岁在重阳

过了"十一"长假，就快到重阳节了。重阳节在农历九月初九，因"九"乃阳数之最，所以重阳节又叫老人节。在老家，每到重阳节，一家人都要拿着茱萸在院子里插，门框上、窗户上、墙头上，插的都是，听说能避邪。因为茱萸到了秋天是红色的，而且香气扑鼻，妖魔鬼怪不敢靠近。

重阳插茱萸的习惯我一直保持着，就是到了城里也没有扔下。我觉得，老辈人留下的东西还是应该继承的，不管它有没有道理，最起码能勾起我们许多美好的回忆。王维不就写过一首回忆兄弟的诗吗。"独在异乡为异客，每逢佳节倍思亲。遥知兄弟登高处，遍插茱萸少一人。"

城里卖茱萸的地方很少，每年我都到马路对过的花店去订。这天上午，我从花店取了茱萸，出门刚走两步，一辆自行车从我身边飞驰而过，差点撞掉了我手中的茱萸。我正在查看，自行车又折了回来，一个小伙子两腿支着车，把一只胳膊伸到我面前："你的破树枝子把我的文身弄坏了，刺这条龙1000多块呢，你说怎么办吧？"我一看，那小伙子穿着一件T恤，左胳膊刺青龙，右胳膊纹白虎，胸脯子上还有一只大老鹰，光头，戴着两个耳环，一看就不是什么好鸟。我来气了："兄弟，你可是自己撞到茱萸上的，撞掉好几

用简短朴素的语言介绍了重阳节的来历。

借诗句引出重阳时忆兄弟的习俗。

简洁而精炼的外貌描写刻画出一个怪异蛮横的流氓形象。

片叶子呢，我还没找你呢，你倒先找上我了？"小伙子瞪着三角眼看看我："哥们儿气挺粗啊，行，你等着！"说着话，便打电话叫人。我一看，你会叫，我就不会叫啊？我有一个道儿上的朋友，手底下有一百多号人呢！

时间不长，小伙子那边来了二十几个人，我的那位朋友也来了，带着三十几个人。眼看一场火拼就要开始，一个拄着拐棍的老大爷走到我们中间："你们想干什么？干仗啊？先跟我比划比划！"说着，便冲我们抡起了拐棍。老大爷八十多岁了，一步三晃，再一抡拐棍，更是东倒西歪，歪到谁身上，谁可就真找着爷了。两拨儿人先后撤走，我把满地转圈儿的老大爷扶住了："大爷，您没事吧？"大爷摆摆手："没事，你们这些年轻人，为点小事就动手动脚，真要出了事值得吗？"

我挽着老大爷过马路，老大爷说，他是从死人堆儿里爬出来的人，解放前当过兵，打过仗，枪子儿天天从脑袋上飞，睡觉都提心吊胆的。那时候，他就盼着别打仗了，也好睡个踏实觉。现在他老了，就怕看别人打架，看别人流血，更怕遇到出殡的。"人老了，就离死不远了，可谁想死啊？活着多好！"

老大爷絮絮叨叨地走了，我心里忽然沉重起来。为什么人到了老的时候才知道生命的可贵，才会一分一秒地珍惜？早一点珍惜不好吗？不要为鸡毛蒜皮的小事斤斤计较，不要一时冲动和别人大动干戈，让我们的生命在平静中慢慢变老，那样我们生命中是不是会少很多遗憾？岁在重阳，好好想象一下自己暮年的时光，心情就会平静下来，就会倍加珍惜现在的大好时光。

回到家里，我把茱萸插在室内，不是为避什么邪气，而是为了清除自己心中的种种邪念，看着茱萸，想着自己的暮年，平平静静地面对每一天。

在战场上打过仗的老人内心的真实写照，引出下文"我"的思考。

老大爷的话将"我"从冲动拉回到了平静，引发了"我"对于人生、对于时光的看法。

文章开头向我们介绍了重阳的来历和习俗，后用一件在重阳节中发生的事件引发了我们对人生的思考。

　　天高云淡，云卷云舒，岁月如飞鸿剪影般掠去，又似氤氲的雾气般消散。因此，我们应加倍珍惜生命的美丽和每分每秒，不让自己留下遗憾。这样，才对得起自己的人生。

　　一次重阳节的特殊经历，一位制止斗殴的勇敢老兵，一段意味深长的对话，一次深刻的换位思考。"我"面对着茱萸，这独特气息的植物，放下了心中的邪念与冲动，做回一个平和的人，平静地对待每一天。

陈敬 ◎ 评

▅▅▅ 知识链接 ▅▅▅

　　重阳节有佩茱萸的风俗，因此又被称为"茱萸节"。茱萸是重阳节的重要标志。重阳节时人们还喜欢佩戴菊花。茱萸雅号"辟邪翁"，菊花又名"延寿客"。茱萸是一种可以做中药的果实，因为出产于吴地（今江浙一带）的茱萸质量最好，因而又叫吴茱萸，也叫越椒或艾子，它是一种常绿小乔木，树几乎可以长到一丈多高，叶为羽状复叶，初夏开绿白色的小花，结实似椒子；秋后成熟。果实嫩时呈黄色，成熟后变成紫红色，有温中、止痛、理气等功效。茱萸叶还可治霍乱，根可以杀虫。《本草纲目》说它气味辛辣芳香，性温热，可以治寒驱毒。古人认为佩戴茱萸可以辟邪去灾。

普利姆索尔线

经过漫长而繁琐的努力，英国国会终于通过了普利姆索尔的提案，并将这条安全线命名为"普利姆索尔线"。之后的若干年内，世界各国都陆陆续续地采用了"普利姆索尔线"，只是有的国家将这条线叫做"吃水线"，有的叫做"载重线"，但是，世界各国的船员们都称这条线叫"生命线"，他们亲切地称普利姆索尔为"船员之友"。

文/水 印

丑陋和
完美并没有界限

一个大雪纷飞的黄昏，我带着女儿回到了乡下老家。母亲边拍打着我们身上的雪花，边告诉我们：威威生了四个宝宝，都快满月了。

威威是我们家的大花狗，长得威猛雄壮，性情乖巧，是我们最忠诚的朋友。我们都很喜欢它。女儿听到这件事后，马上<u>迫不及待</u>地吵着要去看狗宝宝。我们来到了狗窝旁，只见威威身旁蜷伏着四个小家伙，它们个个长得肥头大耳，眨巴着清澈的大眼睛，都用陌生的眼光一声不响地打量着我们，不时还站起不太稳实的身子在我们眼前走上几圈。

只看了一会儿，细心的女儿发现其中有只小黑狗，走起路来腿脚不太灵便，她马上扯着嗓子问："奶奶，那只小黑狗的腿怎么了？"母亲在厨房里接口说，"它一生下来就这样，可能是生产时遭了罪吧。"我这才留心看那只小黑狗，这恐怕是我迄今为止所见过的最丑的狗了，它不仅腿脚有问题，而且头也特别大，和瘦弱的身体很不成比例，毛皮稀薄而粗糙，就像是刚从大火中逃出来似的。母亲说，这只小狗，怕是没人要了。

在乡下，每户养有母狗的人家，待母狗产下崽满

> 从"迫不及待"可以看出女儿的期待与欣喜。

> 此段描写了刚出生小狗的真实样子，狗儿的憨态与可爱尽在其中。

> 对小黑狗进行外貌描写，描绘出它的丑陋，后面运用夸张的修辞手法，更加突出了它的丑。

这段话解释了母亲说没人要的意思。

把其他的小狗和小黑狗作对比，更加说明它不招人待见。

可怜是"黑皮"真实的生活状态。

从女儿的行动来看，她是很讨厌这只小黑狗的。

"我们"立刻就要把"黑皮"送人，说明这只狗对"我们"来说一点都不重要，表现出"我们"对它丑陋的外表极不喜欢。

写了"黑皮"与老人初见时的温馨场面，从老人的动作中可以读出他对小狗的喜爱。他和"我们"是不同的。

兴奋的是终于有个人领走了"黑皮"，它有了一个喜爱它的主人。

老人是盲人，他从来都没有看见过这只狗，因而对"黑皮"也是发自内心的喜爱。

月后，一般都会将狗崽子送人。待小狗们能独立进食时，自会有亲戚朋友前来索要。我们家的这些小狗们当然也不例外了。没过几天，就有邻居上门来要小狗了，只几天工夫，那三只健康活泼的小狗就被邻居们一一抱走了，只剩下这只瘸腿小黑狗，一直无人问津。女儿很不喜欢它，见了它就皱眉头，还给它起了个名字叫"黑皮"。母亲说，可怜的"黑皮"，没人要，我们就自己留着吧，让它和老狗做个伴。

女儿迫切地想将"黑皮"送人，于是就自己找了一块木板，用黑墨水在上面写了几句话："我家有只狗，性情温顺，希望能找到一个富有爱心的主人。有意者请电话联系……"女儿将这块木板放到了马路边上。

几个星期过去了，一位青年男子打来电话说想要"黑皮"。我跟他解释说，"'黑皮'长得有点特别，有点……丑。"那位男青年说，他父亲养了多年的狗刚刚去世，很想再领养一条狗，让它和老人家做个伴。

我们立刻给"黑皮"洗了个澡，给它套上一根漂亮的铁链，耐心地等待着男青年的到来。

不一会工夫，一辆电动三轮车停在了我家门前，一个男青年走下车来，向我们道明原委，抱起了"黑皮"，朝三轮车走去。他把"黑皮"给老人看了一看。

我们很快便看到了一个温馨而美好的场面，顽皮的"黑皮"歪着脑袋专注地舔着老人的手，老人另一只手则慈爱地抚摸着它，仿佛在梳理自己的白发，布满皱纹的脸上顿时荡漾起了丝丝柔软。

"这只狗不错，我要了！"老人满意地说。

"黑皮"总算找到了一个好的归宿，我们都不禁有点兴奋。我走上前去，想同老人道别，却发现老人一只手搂着"黑皮"，另一只抖抖擞擞地在身上摸索着，费了好大劲儿才从自己的口袋了摸出了一盒烟，又四处摸索着我的手，想把烟给我，然而终究没能完成这个动作。老人只好把烟交由儿子来答谢我们。

我从老人的眼神举止中，分明看出，他是一个盲人!

那一刻，我的内心深处充满了一种叫做震撼的东西，我顿时明白了，丑陋和完美并没有明确的界限，有一种美丽，我们的眼睛是很难发现的，而只有用心才能感受得到！

"盲老人"和狗的温馨场面深深震撼了"我"，照应了文章的题目，点明中心，深化主题。

　　文章的题目是"丑陋与完美并没有界限"。诚然，美与丑并没有绝对的标准，只在于人们怎样去看待，就像文中的黑皮，他生下来就被人们认为是丑陋的，它的丑陋只是人们强加给它的，而文中的老人看到黑皮，去摸它、关心它，才造就了那么一幅温馨的画面。

　　作者在最后一个自然段中说："丑陋和完美并没有明确的界限，有一种美丽，我们的眼睛是很难发现的，只有用心才能感受得到！"

　　这种美丽就是心灵上的美丽，文中的老人是个盲人，所以他的感受都是由心而发的，我们应该用心去体会美与丑的分别，眼睛看到的都只是外在的，我们在看人、做事情之前，不能只看表象，应该用心灵去感受。

　　文章从一只小黑狗入手，叙述了"黑皮"被我们认为很丑但被一个盲老人领走的全过程，感情真挚。美与丑并没有界限，我们用心灵去感受的美才是真正的美。

王凯玥 ◎ 评

知识链接

　　美是人类社会实践的产物，是人类积极生活的显现，是客观事物在人们心目中引起的愉悦的情感。审美观从审美的角度看世界，是世界观的组成部分。审美观是人类在社会实践中形成的，和政治、道德等其他意识形态有密切的关系。不同的时代、不同的文化和不同社会集团的人具有不同的审美观。审美观具有时代性、民族性、人类共同性，在阶级社会具有阶级性。

译文／尹玉生

普利姆索尔线

此段交待了故事发生的背景，引出了普利姆索尔这个人物，交待了普利姆索尔线被创造的根本原因。

19世纪，世界各沿海国家的船运业都得到了空前的发展，作为传统的海上强国，大英帝国的船运业发展得尤为迅猛。商人们为了谋求最大的利润，常常置船员们的生命安全于不顾，强迫船员们将船装得满满的，结果导致每年的失事船只越来越多。仅在1873—1874年间，就有411艘船只沉没在大不列颠周边海岸，506人被夺去了宝贵的生命。这种愈演愈烈的糟糕状况引起了许多有识之士的关注和忧心。塞缪尔·普利姆索尔就是其中的一位。

作为一名商人，普利姆索尔自然洞知商人们追求利润最大化的本性，作为一名正直的议会议员，他为逐年递增的遇难船员和失事船只忧心忡忡，对商人们利欲熏心的不义行为深恶痛绝。他决心做一些事情，来改变眼下令人痛心的状况。对船运并不熟悉的普利姆索尔花费了大量时间和精力着手研究起来，最终他找到了一个令他兴奋不已的有效增强船运安全的方法。这方法就是根据不同的季节和水域，通过科学的计算，在船只上标识一条"安全线"，以限定船只的最大装载量。按照普利姆索尔的计划，他要竭尽所能促使政府通过一项法令，严令大英帝国的每一艘船只都画上这样一条线，一旦水位超过这条线，无论船上装载着多么盈利的物品，都必须卸载下来，直至恢复到

作为英国议会的议员，普利姆索尔秉着对人们生命安全负责的态度，潜心研究得到了一个可以提高船运安全度的方法——标识"安全钱"。

警示线以下。

无疑,这是一个睿智而高效的降低船运事故的好方法,然而,让普利姆索尔没有料到的是,他刚刚向议院提出这一方案,便遭到了众多商人和部分政府官员的强烈反对,他们想尽一切办法来阻挠这一法案的实施。普利姆索尔开始了他艰苦异常的抗争之旅,当他当着众多反对"安全线"的议员的面,狠狠捆了闹得最凶的议员迪斯雷利一记响亮的耳光之后,便是向世人宣布了他决不向那些置船员生命安全于不顾的人妥协的决心。

"安全线"并不被议员们认同,但普利姆索尔并未放弃,坚持自己的想法,坚持与反对"安全线"的议员抗争。

经过漫长而繁琐的努力,英国国会终于通过了普利姆索尔的提案,并将这条安全线命名为"普利姆索尔线"。之后的若干年内,世界各国都陆陆续续采用了"普利姆索尔线",只是有的国家将这条线叫做"吃水线",有的叫做"载重线",但是,世界各国的船员们都称这条线叫"生命线",他们亲切地称普利姆索尔为"船员之友"。

普利姆索尔成功推广了"安全线",使船员的生命安全得到了保障,普利姆索尔被广大船员认可。

普利姆索尔线是一条名副其实的生命线,自从采用了普利姆索尔线后,因为超载而导致的船只失事和船员殒命的情况骤减,船员的生命安全得到有效保障。

时隔一个世纪之后,重提这段往事,是因为它对今天的人们仍然有借鉴作用。在现今这个飞速发展的时代,越来越多的人给自己制定了过高的奋斗目标:买别墅轿车,得到某个职位,拿到某个证书文凭……为了尽早实现自己的目标,他们不断地给自己施加压力,时刻都将弦绷得紧紧的,拼命地忙碌,拼命地挣钱。与此同时,他们忽略了很多不应该忽略的东西,比如健康,比如快乐,比如与家人团聚的幸福时光……

当这种现象越来越普遍的时候,难道不正是急需一条现代生活中的"普利姆索尔线"的时候吗?在这条线的监督、敦促下,一旦自己的作为影响、危及到我们的健康、快乐、家庭的幸福以及生活中诸多有意

深化主旨,把"普利姆索尔线"从船员安全的角度深入到每个人生命的角度,提醒人们应适当放下一些压力。

义的事情时，我们就必须果断地调整我们的目标，坚决地卸下一些压力和负担，维护和保持事业和生活的和谐和平衡。

文章开篇先是记叙了一个故事，大概内容为普利姆索尔为船员安全着想研究出了一条"安全线"，继而引出了"普利姆索尔线"的概念，然后把"普利姆索尔线"从对船员的益处引到了对生活的益处，警示人们应适当放下一些压力和责任，从而保证生活与事业的和谐与平衡。"普利姆索尔线"对船员来说是"生命线"，但对我们来说却是"警戒线"。失去了这条线，船员的性命堪忧，失去了这条线，生活的快乐与幸福也同样堪忧。

俞婧一 ◎ 评

=== **知识链接** ===

"普利姆索尔线"，又被某些国家叫做"吃水线"，有的叫做"载重线"，吃水线一般为红色，主要是防腐蚀漆的颜色多为红色，现在的远洋巨轮大都是上黑下红的涂装，是根据每条船的排水量、用途、季节不同而划定的。每种海轮的船舷上，都画有一条吃水线，表示轮船没入水中的深度，在船旁用油漆画上很多水平横线，用以表示不同载重时的吃水深度。通常包括热带淡水、淡水、热带海水、夏季海水、冬季海水以及 (长度低于100米的船舶) 冬季北大西洋水 (依次简写为: TF.F.T.S.W.WNA)。

文／阿 记

天堂里的生命延续

一个细雨淅沥的黄昏，在马萨诸塞州波士顿的一座墓园里出现了一对母女，她们手捧鲜花，径直朝墓园的深处走去。那里沉睡着女儿的父亲迈克尔·布莱克。

女儿叫南希，今年11岁。母亲爱丽娜是个温柔美丽的女子，一袭长发被细雨濡湿了，柔柔地贴在脸上，愈发显得妩媚动人。南希小心翼翼地将鲜花放在父亲的墓前，心中默默为父亲的亡魂祈祷。母亲眼含热泪，开始讲起了一段女儿尚不知晓的传奇经历。

十五年前，丈夫迈克尔和妻子正沉醉于蜜月的幸福生活中，他们如胶似漆，情深意笃，连上帝也羡慕得心生嫉妒。那天晚上，他们一起去看了场电影，在回家的路上，就在他们还沉浸在美妙的电影世界里时，一辆失去控制的汽车闪电般向他们冲了过来。所幸妻子毫发无损，丈夫却因躲闪不及，被撞成了重伤，接连做了八次大手术，却仍然没有挽回他的生命。

丈夫的突然离世，令柔弱的爱丽娜痛苦万分，她顿时觉得天空布满了阴霾，似乎整个大地都在塌陷沉沦。她和迈克尔是那么的相爱，上帝为什么要这么残酷，还没来得及给丈夫生个孩子，两人就已阴阳相隔。爱丽娜终日以泪洗面，痛不欲生。就在这时，迈克

本文采用倒叙的写法，文章开头写了南希与爱丽娜母女两人到墓园去看望迈克尔的情景，从而引出了接下来的故事。

用夸张的写法"连上帝也羡慕得心生嫉妒"写出了爱丽娜与丈夫迈克尔之前的恩爱，之后迈克尔的突然离世是一个转折点，为下文爱丽娜后悔没有生孩子而感到遗憾作铺垫。

此段写出了爱丽娜在丈夫迈克尔去世之后痛不欲生，后悔没有给迈克尔生一个孩子，而迈克尔姐姐的提议为读者设下了悬念。

迈克尔的姐姐琳达提出在死人体内可提出活精子，给了爱丽娜一丝希望，找到这方面的专业医生，又给了爱丽娜极大的希望，可是精子植入手术的失败又使爱丽娜遗憾，此处是一个转折点，引起读者的好奇心。

爱丽娜的丈夫迈克尔的精子仅剩6颗，十分珍贵，而爱丽娜用了四年的时间找寻技术更高的医生与医院，她对自己丈夫迈克尔精子的珍惜，突显出爱丽娜想为迈克尔留下子嗣的强烈愿望。

将这6颗精子比喻成"6颗希望的种子"可见它的重要以及爱丽娜对其寄望之大。

因为医学发达，逝去五年的迈克尔成为了爸爸，而文章将其升华为爱的奇迹，可见只要有爱，奇迹是可以出现的。

尔的姐姐琳达却突然想起自己曾看过一本书，上面说男子死后他的精子还可以存活两至三天。这一消息无疑给悲痛中的爱丽娜带来了一线希望。他们立即奔赴医院，咨询相关信息。

很快他们就找到了一位叫雅各布的医生。他于70年代末就曾从一位死亡男子的身体里取出过精子，是这方面的专家，也是医学界在此领域第一个吃螃蟹的人。

20多个小时后，这位医生从迈克尔的体内取出了一些精子，立即将其冷冻起来。尔后，经过科学检测，他惊喜地发现迈克尔的精子不仅活着，还充满了活力。医生很快就给爱丽娜施行了精子植入手术，但是令人遗憾的是，因为技术原因，手术没有取得成功。雅各布医生经过分析认为，可能是选取的精子有问题。但是，这时迈克尔的精子仅剩下6颗了，这6颗珍贵的精子可是心爱的迈克尔生命"延续"的希望啊，爱丽娜再也不敢让雅各布医生做实验了。她要去条件更好的医院寻找技术更好的医生。

四年后，爱丽娜在琳达的陪同下，来到了耶鲁大学医学院。她们从新闻里了解到该校刚刚研制出一项鉴别精子成活情况的新技术，而她们正需要这方面的帮助。经过托尼医生及其助手的细心检测后，这6颗希望的种子被植入了母亲的体内。

奇迹诞生了！在迈克尔去世五年之后的一个阳光灿烂的早晨，一个重约8磅的女婴出世了，她就是南希。母亲爱丽娜喜极而泣，她的目光越过医院的窗户，望向丈夫飞翔的地方，喃喃地说，"成功了，亲爱的迈克尔，你终于有了女儿了……"

这个已在天国漂流五年之久的男人，竟然做了父亲。这是现代医学演绎的一段神话，更是一个爱的奇迹！

爱，是可以产生奇迹的，世界上所有的奇迹，都与爱有关！

雨，越下越大了。墓前的鲜花上雨珠摇曳，显得格外娇艳。

母女俩也已离开了墓园，她们的身影越来越远，渐渐消失在雨雾中……

墓园里又复归了平静。

本文采用倒叙的写作手法，写出了一个委婉、凄惨的爱情故事与一个爱的奇迹。

文章开头用小雨和黄昏渲染了悲惨凄凉的气氛，自然引出下文。

迈克尔的去世，虽带来了悲痛，却创造了爱的奇迹，在现代化建设的飞速时期，医学也越来越发达，在天国漂流了五年的迈克尔成了爸爸，这正是一个爱的奇迹，因为有爱，什么奇迹都能发生。

邹笑阳 ◎ 评

━━ **知识链接** ━━

"试管婴儿"是伴随体外受精技术的发展而产生的，最初由英国产科医生帕特里克·斯特普托和生理学家罗伯特·爱德华兹合作研究成功。1944年，美国人洛克和门金首次进行这方面的尝试。世界上第一个试管婴儿路易丝·布朗于1978年7月25日23时47分在英国的奥尔德姆市医院诞生，此后该项研究发展极为迅速，到1981年已扩展到10多个国家。在我国，1985年北京医学院进行的试管婴儿实验首获成功。

文／朱国勇

好大一颗粽

开篇简洁明了，引出下文回忆中的端午节。

通过描写过节时热闹的情景，让人感到家的温暖。

"眯眯着眼""笑呵呵"也让读者感受到了奶奶的慈祥、亲切。

打我记事起，每年端午节，不管家里的生意有多忙，爸爸总会带着我回到几十公里外的爷爷奶奶家，过一个欢快的节日。

那是一个绿意葱茏的小山村，村口有一口碧波荡漾的小水库，村后一座不大不小的青山。爸爸有五个兄弟加一位小妹，每到端午这天，大家都会带着自己的孩子从四面八方聚到老人的身边。这时，男人们就围在前厅闲侃，而妯娌几个，就聚在厨房里忙活。我们几个孩子就屋前跑到山后，疯玩起来。满村的桃子都快要熟了，随手就能摘上几个，咬一口，脆脆的，酸酸的又甜甜的。

奶奶这一天，是不用做事的。五个媳妇一个女儿，哪还用她老人家动手呢？但是有一件事，奶奶还是执意要亲手做的。

每一年，奶奶都要眯眯着眼笑呵呵地用针线把一张张青翠的棕叶连成一张大棕叶，卷成一个圆锥状，再用秤称出九两九钱重的糯米，掺上红豆、大枣、瘦肉、桂圆、莲子等九样东西，放进圆锥状的棕叶里，小心翼翼地放进蒸笼里。灶下架起柴火，一个小时不到，一个硕大的粽子就出锅了，老远就能闻见诱人的香气。

估计时辰到了，我们几个孩子就围在了灶旁。但是这粽子，我们暂时还不能吃，要等爷爷分了之后，才能吃。

分粽子了，爸爸兄妹六人，围坐一桌。爷爷捧着南瓜似的一个大粽子，用盛粥的大勺子，按照年龄大小依次给六个子女每人分一大块。"吃吧，咱一家子共同吃了这大家伙！"我们孩子就轰的一声欢呼，从各自的父母那里夺过粽子大吃起来。

粽子虽然大，但是哪架得住七八个孩子一阵狼吞虎咽，一会工夫，就没了，我就缠着奶奶："奶奶，明年做个更大的。""好好。"奶奶笑呵呵地点着头。

"吃粽子了！"大婶喊了一声，妯娌几个各自端着两碟粽子从厨房出来了。这是些小粽子，一颗有酒杯那么大。而这时，我们这些孩子多半吃不下了，就上板凳，钻桌子地闹开了。

这十多年来，每年的端午，都是这么度过的。虽然前些年爷爷奶奶相继去世了，但是一大家人分食一个大粽子的习惯却一直没变。只不过包粽子的人由奶奶变成了大婶，依旧称足九两九钱的糯米，依旧掺上九样物品。

前几年，四叔一家迁到了美国，每到端午，大粽子做好了，也不忙分，一大家人就等着四叔的电话。十一点左右，四叔的电话就准时来了，热热闹闹地和大家这个说两句那个说两句，等说完了，已经十二点多了。要知道那时，四叔所在的大洋彼岸已经是深夜凌晨了。然后，大婶开始分粽子，依旧地分成六份，四叔那一份，放在碟子上。大伯还会斟一杯酒摆在那里，喝团圆酒时，大伯就先一口喝了自己的，再端起四叔的杯子呡一小口。

年年端午，岁岁祥和。一大家人，二十多口，分食一个大粽子的情景，已成了我生命中一道最温馨的食粮。那碧绿的南瓜似的一个大粽子，分明热气氤氲着一份血浓于水骨的肉亲情。

爷爷分粽子，孩子们狼吞虎咽，多温馨的场面。

即使四叔迁居美国，但一家人还会隔着大洋互相嘘寒问暖。喝团圆酒时大伯的举动，温馨中流露出淡淡思念的忧伤。

结尾处深化主旨，是画龙点睛之笔，写出粽子饱含着血浓于水的亲情，令人感动。

通过写作者对儿时端午节的回忆，在身处美丽山村的爷爷奶奶家，和亲戚的孩子们疯闹；等待开饭；奶奶仔细地做诱人的大粽子，爷爷分给孩子们粽子吃，透出一家人之间的温馨与甜蜜。然后笔锋一转，四叔又迁居美国，奶奶爷爷相继去世，但端午节，包大粽子、分肉粽的习俗却仍未改变。四叔与家人虽隔着大洋，分处大洋两岸，但家人之间仍相互牵挂与思念，大伯喝酒的举动让读者感到丝丝缕缕思念的忧伤，让人心酸与感动。

　　这颗大粽子是全文的线索，贯穿全文。同时粽子也饱含着一份血浓于水的骨肉亲情，正是这份亲情，让亲人们端午节团聚，分食肉粽；正是这份亲情，让四叔一家在大洋彼岸，千里传音；也正是这份亲情，让作者久久不能忘怀。

　　作者以抒情的文笔，生动传神、含着浓浓温情描绘了亲情的美丽，令读者热泪盈眶，内心溢满感动。

侯雨萌 ◎ 评

=== **知识链接** ===

　　粽子又称"角黍""筒粽"，是端午节汉族的传统节日食品，由粽叶包裹糯米蒸制而成。传说是为纪念屈原而流传的，是中国历史上文化积淀最深厚的传统食品。2010年12月，江西德安县宋代古墓出土了两个实物粽子，据考证，这是目前发现的世界上最早的实物粽。早在春秋时期就已经出现"筒粽"，直到现在的每年农历五月初五，中国百姓家家都要浸糯米、洗粽叶、包粽子，这种风俗也流传到朝鲜、日本及东南亚诸国。

文/吕 麦

旅鼠的"长征"

斯墨拉尔野外大草原,聚集着猫头鹰、北极狐、贼鸥等以鼠为食的飞禽走兽,因为这里每公顷草场就群居着200只以上的旅鼠。

秋天,斯墨拉尔野外大草原几乎就是旅鼠的世界了——旅鼠的繁殖能力仅次于细菌。一对旅鼠,一年的繁殖数字是967118只,这样下去,地球不都是旅鼠的世界了么?不!神奇的大自然,自有它的安排。

10月,草儿渐渐枯萎,草原呈现出一派萧条景象,而旅鼠家族却繁盛到了极点,但奇怪的是它们将利于隐蔽的灰黑色皮毛转变成了鲜艳夺目的橘红色,在明艳的秋阳下犹如柿子树上一枚枚成熟的"果子",不断引来猫头鹰、贼鸥的追食。可是,它们毫不介意,也不躲藏,而且不断在草丛里抱头鼠窜,左奔右突,吱吱嗡嗡,好像暴露在平原上的练兵队伍,相互传递着某种信息。

傍晚,斯墨拉尔草原的太阳缓缓沉向天际,广袤的草原沉浸在一种绝对的寂静中。突然,草原深处由远而近传来一种声音,闷闷的、沉沉的,似排山倒海,仿佛有人开动了巨大的铲土机,要把草原掘地三尺。转眼间,一片橘红潮水一样漫卷过来,近了,近了,是大片的旅鼠。

队伍浩浩荡荡,却很有组织。每一只旅鼠都像奉

介绍了旅鼠惊人的繁殖能力,为后文作铺垫。

运用了比喻的手法,将旅鼠比作耀眼夺目的果子,设下一个悬念:旅鼠为什么要将自己暴露在天敌面前呢?传递信息是为后文中旅鼠的"大行动"作铺垫。

景物描写,渲染了寂静的气氛。将旅鼠比作潮水,写出了旅鼠的数量之多。

了神谕，拼命赶向前方，仿佛集体发了疯，又仿佛被一个可怕的恶魔追逐。在狂奔的队伍中，不断有旅鼠被河沟淹死、树干撞死，或者被猫头鹰、贼鸥、狐狸叼走。可是，这些危险，完全被忽略，它们拼命向前狂奔，狂奔……

长途跋涉中，不断有新的旅鼠加入，队伍不断壮大，到最后大约有四五百万只，仿佛一股力量，牢牢地凝聚着它们，行动高度一致。白天，它们进食、蓄积力量，晚上，它们摸黑前进，不停歇，不绕道，每日以50公里的速度向前奔跑。遇到河流，走在前面的旅鼠会义无反顾地跳入水中，为后面的同伴驾起一座"鼠桥"，遇到悬崖峭壁，许多旅鼠会自发地抱成团，形成一个个大肉团，勇敢地向下滚去，死的死、伤的伤，而活着的继续前进。尽管，沿途鼠尸遍地，它们百折不挠地前进，逢山过山，遇水架桥，前赴后继。它们这是要到哪里去？难道像鲤鱼一样，奔赴"龙门"？

一个多月后，旅鼠的长征队伍，距巴伦支海岸不远了。这里海水湛蓝，海边没有沙滩，只有一片参差嶙峋的礁石。不久，耳边渐渐传来杂乱的轰鸣声，紧接着，大片橘红色的"云块"，贴近地平线急速"飘"了过来。旅鼠们来了，千军万马，奔跑如风。

只见，最先到达的旅鼠在到达海边的那一刻，几乎没有一秒的停滞，恍若一辆辆全速疾驰而刹车失灵的赛车，纷纷冲进海里。一瞬间，被汹涌的海水吞没，杳无踪影。后面的旅鼠一群群、一队队，依然紧跟着往下跳，争先恐后，仿佛投进的不是滔滔大海，而是幸福的天堂，直到全体被大海吞噬……难道旅鼠们千辛万苦，跋山涉水来到这里，就是为了这绝命一跳？

是的！旅鼠们"集体自杀"，为的是留在斯墨拉尔草原上的子女，能够在下一个春天，有足够的空间、食物，继续繁衍、生息。这是一次无法回头的死亡之旅，但旅鼠的殒命不恤，让它成为令人惊叹不已的大爱之旅。

写出了旅鼠"部队"向前奔路时义无反顾的状态。

写出旅鼠"部队"在前进时所遇到的困难以及它们自杀式的解决方法，使文章更加扑朔迷离。

写出了旅鼠们狂奔所达到的终点。

用"云块"来体现旅鼠的数量之多。

运用比喻的手法，将旅鼠比作赛车，体现了旅鼠跳海时的坚定与义无反顾。

将文章推向高潮，也把疑问在这一自然段的最后明确地提了出来。

最后一个自然段是最令人震撼与动容的地方，它把前文的疑问一一解答，也点明了文章中心，更让人感受到了这震撼心灵的大爱。

本文主要写了旅鼠舍身跳海以为子女保留足够的生存及繁衍空间的故事。

文章一开篇便交待了旅鼠惊人的繁殖能力，同时设下一个疑问，这么多的旅鼠是如何生存下去的呢？

文章不急于对此进行解释，而是进行了大篇幅旅鼠们近乎于自杀的迁徙的描写，在这段描写中，作者多次运用了比喻等修辞手法，体现了旅鼠数量之多与自杀的义无反顾。这就使问题更加扑朔迷离了，直到文章结尾才解开这个疑问——它们是为了子女更好地生存才选择跳海的，同时也点明了文章中心。

读过这篇文章后，我们会有一种心灵的震撼，没想到小小的旅鼠也能有如此的智慧与大爱，它们明白只有自己的死亡才能换来种族的明天，所以它们跳得义无反顾，毫不动摇，它们将自己对子女的爱全都倾注在这最后一跳上。

可从古至今又有多少人勇于为了大爱来牺牲一切呢？

爱不是索取而是馈赠，舍得舍得，有舍才有得，而当你把一切都舍弃时，你得到的也将会是一切。

本文不仅仅是记录一种动物的大爱，而是给人们心灵的一次震动，一次关于人间大爱的重新体会。

孟若珊 ◎ 评

═══ **知识链接** ═══

旅鼠是一种极普通、可爱的哺乳类的小动物，常年居住在北极，体形椭圆，四肢短小，比普通老鼠要小一些，最大可长到15厘米，尾巴粗短，耳朵很小，两眼闪着胆怯的光芒，但当被逼得走投无路时，它也会勃然大怒，奋力反击。爱斯基摩人称其为来自天空的动物，而斯堪的纳维亚的农民则直接称之为"天鼠"。这是因为，在特定的年头，它们的数量会大增，就像是天兵天将突然而至似的。

生命的劣势

　　老头儿得意地说："许多人在这路上走，但因为他们双脚用力平衡，所以他们连一个深的脚印都没能留下，而我呢，因为腿跛，双脚用力不平衡，所以就留下半行深深的脚印，能在自己走过的路上留下半行自己深深的脚印，也比留不下自己的一行脚印好啊，那么多人辛辛苦苦什么也没留下，而我轻而易举就印下了自己的半行脚印，你说，我不是比他们更幸运吗？"

文／李雪峰

生命的劣势

　　一个年轻的僧人，在路上遇到一个跛腿的老头。老头的腿跛得十分厉害，走起路来一跳一跳的，但老头很快乐，走着唱着，那条吃力的腿走起来噼啪作响，像给自己打着节拍似的。

　　僧人很不明白，像这样腿跛得如此厉害的，自己云游四海见过的不计其数，他们要么是苦愁着脸，嘴角挂满了忧伤的叹息，要么就是拄着拐杖挎着一只破烂的竹篮，走乡串户沿街乞讨，向谁说话，开口就苦苦凄凄，一副落魄失魂让人怜悯又同情的样子。僧人十分费解，自己面前的这个跛老头，比许多残疾人更残废了十倍，但他为什么竟还如此快乐呢？

　　僧人不解地问老头，老头儿一听就笑了说："我有什么值得不快乐的呢？只不过腿比别人短了一截而已，而比别人短这截儿，恰恰是我最快乐的原因呀。"

　　因为自己残废而快乐？僧人更不解了。

　　老头儿笑呵呵地说："我天生因为腿跛，所以很小的时候，父母邻居不停要求我的哥哥弟弟干这干那，而对我百般呵护，使我享受到了哥哥弟弟们分享不到的父母溺爱。长大成人了，我的哥哥弟弟们被生活逼得东奔西跑，终日为生计所困所累，而我呢，因为腿跛，就没人对我期望来期望去，没有什么太大的压

　　用了比喻的修辞手法，把走路的声音比喻成为打节拍，将老人快乐的心情描写得生动而形象。

　　用其他跛腿的人那苦愁、忧伤，失魂落魄的样子反衬眼前这个老人与众不同。

力。"老头儿顿顿又说："别人建了一座房屋没什么，而我建起一座房，人们就常常指着我的房子说'瞧瞧吧，那房子是一个跛子建起来的。'我们庄上的许多人在荒滩野岭上开垦了许多地，有的开垦了五六亩，有的开垦了三四亩，可没人能知道他们，而我仅仅开垦了一亩多地，就常常有人指着我开垦的地训诫他们的儿孙说，'瞧瞧吧，那是一个跛子开垦的，他跛得那么厉害，竟然还开垦出了那一块儿地'。"老头儿得意地笑着说："有人建了屋舍百座，却没有人能知道他，有人开垦了良田千亩，却没有人会记住他，而我呢，盖起了一座瓦屋，人们却知道了我，开垦了一亩薄田，人们却牢牢记住了我，不都是因为我一条腿跛，仅仅比别人短了那么一点点吗？腿跛腿短，使我轻易就得了许多人苦苦奋斗却始终望尘莫及的赞美，腿跛，是我身体的一个劣势，却是我生命的一个优势啊。"

老头儿指着湿漉漉的山路问僧人说："这条路经常有许多人鱼贯而过，他们曾经在这路上留下许许多多的脚印，可现在，你能找到他们的一个脚印吗？"僧人低头看了看，湿漉漉的山路上光滑如砥，根本就找不出其他一个清晰的脚印来，只有半行脚印深深地烙印在山路上。

老头儿得意地说："许多人在这路上走，但因为他们双脚用力平衡，所以他们连一个深的脚印都没能留下，而我呢，因为腿跛，双脚用力不平衡，所以就留下半行深深的脚印，能在自己走过的路上留下半行自己深深的脚印，也比留不下自己的一行脚印好啊，那么多人辛辛苦苦什么也没留下，而我轻而易举就印下了自己的半行脚印，你说，我不是比他们更幸运吗？"

僧人顿时明白了，这世界上，生命的幸运不一定就是人生的幸运，而生命的不幸却可能是人生的幸运，生命的劣势，恰恰是我们自己人生的优势！

跛脚老人将身残的劣势看为优势，正是这种乐观的心态让他的人生意义更加深刻，让他的形象更加伟大鲜明。

每个人都有优点，跛子也不例外，他可以做到"正常人"做不到的事情——他可以留下自己的半行脚印。

点明文章主旨：将生命的劣势转化为优势，这样才会为本不圆满的生命大大加分！

点 **评**

　　跛子就一无是处吗？"尺有所短，寸有所长"，他也有别人没有的长处。同样，你也有短处，有长处。这位老人却看到了自己身上的优点，从而可以乐观面对生活。虽然他只建了一座房，只开垦了一亩地，但是他用尽了全力，他不后悔。"上帝在给你关上门时，总会给你打开一扇窗。"

　　这篇文章让我想到了一段话：假设说我们每个人都是一个饭团，我们身上长了一个个梅子，但由于长在后背上，我们只能看到别人的梅子，却不知在自己的背上，也有一颗不同的梅子。

　　敢于乐观面对自己的缺点，找到自己的长处，才能看到自己的梅子。

沈南希 ◎ 评

 知识链接

　　很久以前，有一位国王，他统治着一个富裕的国家。有一次，他到一个离王宫很远的地方旅行。回到王宫后，他不停地抱怨脚非常疼。于是，愤怒的国王向天下发布诏令，让百姓用皮革铺好每一条道路。这时，一位大臣冒着触犯国王的危险进言道："陛下，为什么你要花那么多不必要的金钱呢？你何不剪一小块牛皮包在自己的脚下呢？"听了大臣的话，国王很惊讶，但略加思考，他就接受了这个大臣的建议——为自己做了一双厚底牛皮鞋。

　　从此，鞋子改变了世界。未来决定人类命运的因素，与其说是人类改造自然的胜利，毋宁说是人类对自我习惯的改变和战胜自我。

文/水 印

善待别人
就是善待自己

引用寓言，来说明主旨：善待别人，就是善待自己。

运用比喻的修辞，将蝴蝶比作小巧的风筝，突出了蝴蝶的美丽与可爱。

有这样一则寓言，曾在西部印第安部落广为流传：

一个穷困潦倒的青年男子，被生活所迫，不得已来到寺庙里祈求神灵赐福，然而女神只赐给了他一根稻草。他没有嫌弃，就带着稻草踏上了归途。路上飞来了一只蝴蝶，落在了稻草上，远远望去，他就像在放飞一只精致小巧的风筝。不一会儿，他遇到了一位卖花的女子，这位卖花女正在哄她那哭鼻子的儿子。他就把蝴蝶送给了小男孩，小男孩破涕为笑，卖花女回赠给他一枝娇艳的玫瑰。他继续前行，又碰到了一个帅气的小伙子，他就把这朵玫瑰送给了小伙子，这位多情的小伙子又将玫瑰送给了赴约而来的情人。这对情人为表示感谢，回赠给他2个苹果。接着他又遇见了一位饥渴的商人，并将苹果送给了商人，商人吃了苹果，送了他一捆丝绸。后来，他遇到了一位美丽的公主，公主将他的丝绸做成了皇袍敬献给父皇，皇帝于是赐给了他一批珍宝。他卖了这些珍宝，买了一大片田地。这样他就成为了富翁。

善待别人，给予他们一点帮助，只是举手之劳，但是对于身处困境中的人们来说，你就像是上帝派来的天使。在帮助别人的同时，事实上也是在帮助你自己。
这就需要我们时刻于心中装着别人。

点明主题，紧扣文章主旨。

　　我永远忘不了那一幕，那个雷雨来临前的黄昏，
我与一场噩梦擦肩而过的恐怖场景。滚雷声声，震耳
欲聋，闪电交加，狂风肆虐。暴雨就在身后紧追不放，
路上行人皆步履匆匆，插翅欲飞。我骑着自行车，飞奔
在回家的路上。

运用四字词语，生动形象地描写出
暴雨将来时的情景。

　　在一个转弯处，我事先没有往后看，就急速地划了
个弧线，欲进入一条小巷。不料这时从我身后突然冲过
来一辆摩托车，速度之快，令人咋舌！我赶忙快速闪避，
摩托车也迅速地调整了一下方向，从我的身边擦肩而
过。由于我躲避时用力太大，车子猛地撞在了路旁的墙
壁上，车胎爆裂了，我的头部也撞上了墙壁，顿时鲜血
直流。而那位摩托车主更惨，他虽然避开了我，却因车
速太快，方向失去了控制，与前方不远处的一根电线杆
狠狠地"吻"在了一起。所幸车主只是手上划破了点皮，
没有大碍，只是那辆摩托车已经惨不忍睹。

以自己经历的一件事说明道理，增
强说服力。

　　因为事情发生得太突然，当时那种情况也无法
说得清是谁对谁错。摩托车主是个40来岁的中年人，
看得出他是个忠厚善良的人。他没有时间心疼他的车
子，就快速地将我送进了医院，让医生给我做了头部
检查，进行了包扎，并支付了医药费。虽然事情到此画
上了句号，但是却留给了我一个深刻的教训：转弯时，
要朝后望一望，看看身后有没有危险，多为别人着想，
其实也是为自己的安全着想。

写出自己的感悟，之后自然地引出主
旨。

　　生活在滚滚尘世中，我们离不开相互的尊重、关
爱和帮助，我们的眼睛不能只盯着前方看，只想到自
己。转弯时向后望一望，既是对别人生命的尊重，也
是善待自己的一种表现。只有心中装着别人，自己才会
显得更加的强壮和高大。在生命的转弯处，我们不妨
停下脚步，朝后望一望，用宽厚仁爱的胸怀铺一条路
让别人先走，这样既方便了别人，也方便了自己，从这
个意义上来说，善待别人，也就是善待你自己。

结尾升华主题，画龙点睛。

全文由一个寓言和自己亲身经历自然而然地引出善待别人，就是善待自己的主旨。"与人为善"是一条智慧的生活法则，当你用善心对待他人、对待生活之时，你往往收获到的不仅是他人的赞许与尊重，更会收到生活更多的回馈：在方便他人的同时，也让自己的生活增添了色彩。

白博文 ◎ 评

知识链接

　　有一个盲人住在一栋楼里。每天晚上他都会到楼下花园去散步。奇怪的是，不论是上楼还是下楼，他虽然只能顺着墙摸索，却一定要按亮楼道里的灯。一天，一个邻居忍不住，好奇地问道："你的眼睛看不见，为何还要开灯呢？"盲人回答道："开灯能给别人上下楼带来方便，也会给我带来方便。"邻居疑惑地问道："开灯能给你带来什么方便呢？"盲人答道："开灯后，上下楼的人都会看得见，就不会把我撞倒了，这不就给我方便了吗？"邻居这才恍然大悟。

文／尹玉生

最大的福分

那是国内一家电视台的一档访谈节目，接受采访的是一位远在大洋彼岸的美籍华人，他亲身经历了那一场噩梦，并侥幸地活了下来。

那场噩梦已经过去了五年。五年的光阴流逝，已经使他能够以平和的心态回顾那惊心动魄的一幕。

"两分钟，仅仅两分钟，就决定了我是生还是死！"嘉宾开始娓娓叙述他的那一段刻骨铭心的经历。

当时，他正在那幢举世闻名的大楼里上班，他的办公室在80层楼。灾难发生时，他和他的同事们并不知道发生了什么事情，当接到撤离大楼的通知时，他们还以为是某一楼层出现了意外火情，因此，他们并没有惊慌失措，甚至有点漫不经心地向楼下撤去。最近的电梯入口在78层，等他们走到78层时，发现几个人正在设法打开紧闭的电梯门，他们仍然没有意识到灾难的严重性，有的人上前施以援手，有的人则从容地等待。一番周折后，电梯门打开了，人们井然有序地鱼贯而入。电梯在第5层停了下来，当他走出电梯门徒步向楼下走去的时候，他看到了急匆匆往上赶的众多的消防官兵，看到了惊慌不安往下奔的人流，此时，他才意识到情况不太妙，他的步伐在不断地加快，直到最后奔跑了起来。

"准确地说，那叫拼命狂奔，"讲述到这里，嘉

文章开篇采用了倒叙，使读者心中产生了莫大的疑问：那是怎样的一场噩梦？

"两分钟，仅仅两分钟"使读者的心情更加紧张，也能表现出当时情况的危急，令人"刻骨铭心"。

"施以援手"，"从容地等待"，"井然有序"一系列的动作描写表现出这些人没有意识到灾难的严重性，为作者后来的"后怕"埋下伏笔。

通过写作者的语气的改变，又使气氛紧张起来，就像万箭就要齐发，连呼吸都减弱了声音。

宾的语气已经没有了开始时的从容，似乎又回到了那令人心悸的时刻，"我冲出大楼，外面惊恐奔跑的人群和浓密的尘雾使我不敢稍作停留，继续一路狂奔，心中只有一个念头，离开这里越远越好。"

"仅仅两分钟时间，我身后的那栋庞然大物便轰然倒塌，就这一瞬间，无数的人从此永远地阴阳两相隔了。"

嘉宾不再从容，也不再紧张，而是面色凝重，至今还心有余悸。

嘉宾停顿了片刻，面色凝重地说道："我常常感到后怕，如果那天，我再晚两分钟意识到灾难的严重性；如果那时候的我不够身强力壮；如果那天我穿的不是便于奔跑的鞋……任何一种因素，只需拖延我两分钟，今天我就不会站在这里了。"

或许主持人感觉到话题和气氛过于沉重，她将话题一转："五年过去了，据我所知，你现在的情况可谓时来运转了。"

他现在的生活正是多数人心中理想的样子，读到这里大家可能都会认为这是"大难不死，必有后福"，却未想后文话锋一转。

主持人说的没错。与五年前相比，现在的他正处在事业的巅峰期和家庭的美满期。家庭生活中，妻贤子孝；事业上，薪水和职位都比过去提高了一大截。去年，他刚被晋升为纽约一家大银行的副总裁，这使他成为美国银行界第一个担当这么高级别职位的华人。

"我们为你取得如此出色的成就表示由衷的祝贺。"主持人对他说道："这也正好应了我们中国的一句古话：大难不死，必有后福。"

嘉宾"顿了顿""加重语气"和"着力补充道"写出了他心中的激动与真实的想法，解开了读者心中的谜团，照应了题目，升华了全文的主旨：最大的福分就是活着。

嘉宾接过话来，说道："几乎每一个知道我经历过那场磨难，又熟悉我今天状况的朋友，对我必说的一句话就是：大难不死，必有后福。"嘉宾顿了顿，加重语气说道："其实，你们都错了。在很多人看来，丰厚的薪水，体面的工作，诱人的权位，这些都是令人羡仰的后福。但对我来说，这些所谓的后福根本不值得一提。因为，它们跟上苍赐给我的莫大福分相比，实在太微不足道了。"嘉宾看到漂亮的主持人脸上呈现出迷惑不解的神情，便着力补充道："世界上，难道还有比活着更大的福分吗？！"

文章讲述了一个令人心生震撼的故事，意在告诉读者人生最大的福分并非"丰厚的薪水，体面的工作，诱人的权位"，而是能够活着，因为生命才是最重要的，倘若失去了生命，将一无所有。

　　文章又通过描述嘉宾的生活状态的变化，使读者的每一根神经都随之起伏，娓娓叙述，到似乎回到了那个令人心悸的时刻，再到停顿了片刻面色凝重。

　　通过阅读这篇文章，也让我受到了一些启发。在生活当中不可能一帆风顺，可能会发生一些突如其来的灾难，但是无论是什么样的磨难与坎坷都应该坚定一个信念——活下去！希望有更多的人读过这篇文章之后，也会有如此感想；希望贫穷的人不再抱怨生活，因为活着就好，活着就可以使生活越来越好；希望富贵的人不再奢望，要知足常乐，活着就好！

王卓琳 ◎ 评

━━ **知识链接** ━━

　　"9.11事件"又称"9.11恐怖袭击事件""美国9.11事件"等，指的是美国东部时间2001年9月11日上午（北京时间9月11日晚上）恐怖分子劫持的4架民航客机撞击美国纽约世界贸易中心和华盛顿五角大楼的历史事件。包括美国纽约地标性建筑世界贸易中心双塔在内的6座建筑被完全摧毁，其他23座高层建筑遭到破坏，美国国防部总部所在地五角大楼也遭到袭击。2011年9月11日，美国迎来"9.11事件"十周年。

文/小 白

爱的托举

有过乘车经历的人，对车厢里的场景一定都不陌生。小小的车厢，就是一个微型的生活剧场，每天都在上演着许多美丽动人的故事。长长的铁轨，就像是人与人之间的情感纽带，一直延伸到我们心灵最柔软的地方。

从小到大，我只坐过一次列车。就这仅有的一次乘车经历，却在我的记忆中留下了难以磨灭的印记。往事如风，像一列火车风驰电掣般闪过脑际，那难忘的一幕不觉间又浮上了心头。

那年初夏，我中考失利，心绪坏极了。我偷偷地从家里拿了一些钱，在闷热异常的晚风中，登上了南下的列车。那一刻，我的心里空落落的，没有方向，没有目的地，只想尽快地逃离这块伤心地，越远越好。我无法承受如此沉重的打击。自从背上书包踏进校园的大门以来，我的学习成绩一直是顶呱呱的。在老师的眼中，我是一个不折不扣的优等生，几乎所有的老师都不会相信我的名字竟然会与落榜联系起来，老师们对我的期望太高了。而那次考试，我竟然出人意料地名落孙山了，无论如何，我都无法接受这个事实。我必须要与我的过去作一个告别，远离那些惊诧而又满怀同情的目光。

那个湿闷异常的夜晚，我好不容易找到了一个上

运用了比喻的修辞。将车厢比作一个微型的生活剧场，生动形象地写出了车厢里每天发生的故事之多。

将铁轨比作人与人之间感情的纽带，生动形象地写出列车上经常发生感人的故事。

第二段中，两个"一次"强调这唯一的一次经历给"我"的印象深刻。

心理描写，描绘出当时想要逃避现实的心理。

写出"我"意外落榜，为后文"我"离家出走作铺垫。

指出离家出走的原因，"我"因受不了沉重的打击而选择逃避。

134 / 飘过童年的风筝

铺，躺了下来。火车呼啸着载着我穿越了那片伤心无比的夜色，朝着南方驶去。我默默地流了好长时间的泪，将车上的被褥弄湿了一大片。我不知道，我是什么时候开始沉沉地睡去的，只觉得一阵迷糊中，我感到浑身燥热，口干得要命。我知道自己发烧了，很厉害，想起来找水喝。可是我忘记是在列车上了，便用尽全力翻身坐起，一不小心，身体越过了卧铺的护栏，摔了下来。那一刻，我猛然意识到自己完了⋯⋯

然而，令我感到惊讶的是，我竟然没有感觉到一丝的疼痛，就在坠落的紧要关头，我被一双有力的胳膊托住了。我睁开眼睛一看，是一位中年妇女。她将我抱在怀中，迅速地摸摸我的额头，马上从旅行包里取出了一些感冒药，又给我倒了一杯水，让我吃了下去。后来，她就一直守护在我的身旁，一直到下车，自始至终没有说过一句话。她临下车时，塞给了我20元钱，然后就默默地走了，走了几步远，又回头凝望了我一眼。我永远忘不了那回望的眼神，那种满溢母性情怀的目光，就像一湖湛蓝的水，在我的心里荡漾了许多年。就是这湖水，容纳了我的伤心泪水，让我在失败中，昂起头来，重新回到了考场的起跑线上⋯⋯

多少年过去了，如今我已经成为了一名人民教师，我也曾多次在车站寻找过那位妇女，然而总是失望而归。我时常会想起那个陌生的怀抱，那双有力的臂膀，就像久做农活的母亲的臂膀，它散发出来的温度足以温暖我的一生。我知道，那只是一个普通母亲的慈爱的托举，也是最真实的母爱的流露，是那么的朴实，有力，无私，坚韧不屈，能够融化世间一切的不幸。

后来我也曾用同样有力的臂膀，温暖过许多考试失利的学生，因为我知道那个时候他们极需要这种爱的托举，生活中有了这种爱，我们的人生才不会落榜。

用"湿闷异常""伤心无比"来形容夜晚，寓情于景，写出作者伤心无奈的心境。

表现离家出走的"我"异常无助的窘迫状况。

"一双有力的胳膊托住了"，紧扣文题：爱的托举。
一连串的动词，写出好心人给"我"的帮助，令人感动。

将视线锁在眼神上，将好心人的目光比作湛蓝的水，衬托出好心人善良美好的内心，表达出我的感激之情。

将陌生人的臂膀比喻成母亲的臂膀，写出了陌生人给予"我"的关怀令"我"感动，陌生人的爱，温暖了"我"的心。
"那只是一个普通母亲的慈爱的托举"再次点题。

最后一段再次扣题，总结全文，起画龙点睛的作用。

全文按时间顺序,写了"我"小时候考试失利,在离家出走的路上受到陌生人无私的关爱的事。文章以"爱的托举"为题,主要描写了"托举"这一动作,将陌生人对自己无私的关爱之情蕴含其中。又因自己被这一动作感动,而萌生了将爱传递给更多的人的想法。

　　本文运用了描写、记叙的表达方式,将陌生人关爱的过程与动作生动形象地描写出来,结尾运用议论、抒情,将文章主旨升华,起到画龙点睛的作用。

杨可一 ◎ 评

知识链接

　　有一位单身女孩刚搬了家,她发现隔壁住了一户穷人家,一个母亲带着两个小孩子。有天晚上,那一带忽然停电了,那位女孩只好自己点起了蜡烛。没一会儿,忽然听到有人敲门。原来是隔壁邻居的小孩子,黑暗中,他闪着明亮的眼睛问:"姐姐,请问你家有蜡烛吗?"女孩心想:"他们家竟然穷到连蜡烛都没有吗?千万别借他们,免得被他们依赖了"!于是,对小孩吼一声说:"没有!"正当她准备关上门时,那穷小孩展开关爱的笑容说:"我就知道你家一定没有!"说完,竟从怀里拿出一根蜡烛,说:"妈妈和我怕你一个人住又没有蜡烛,所以带来一根送你。"

文/三月桃花

梦中的房子

　　说实话，我做梦都想有一套房子，可现在房价太高，我存的那点钱连个茅房都买不起。没有房子，女朋友谈不成，同事们看不起，说话办事更没底气。有时候我觉得自己简直就是个废物，不如找个地方撞死。

　　这天晚上，我拎着一瓶酒在街上走，一边喝一边唱："房子啊，我爱你，就像老鼠爱大米！"走着走着，我就找到了登月的感觉。

　　"小伙子，少喝点，酒大伤身呢。"我揉揉眼睛，才发现路灯下坐着一个四十多岁的男子。

　　我猛灌一口酒坐到男子身边："伤身？我才不怕伤身，谁要白给我一套房子，让我立马抹脖子都行！"男子愣愣地看着我："你多大了？""28。""什么血型？""RH阴性I型，干什么？"男子猛地一指马路对面已经竣工的精装住宅："这里的房子，你随便挑一套，我送给你。"我顿时瞪大了眼睛："你开玩笑吧？"男子一摆手："不是，明天你就拿着我的名片到售楼部办手续。"说着，掏出一张名片，在背面写上"特约"两个字交给我。

　　男人走了，我仿佛还在梦中。名片上赫然印着：登月房地产开发股份有限公司总裁杜登月。这到底是怎么回事？难道我这可怜虫感动了上苍？

　　第二天，我深一脚浅一脚地来到登月公司售楼

第一段写出了房价过高的现实，体现了"我"因没有房子而不自信，也写出了"我"十分想拥有一套房子的愿望，为下文"我"喝酒解愁，偶遇总裁作铺垫。

男子问"我"血型，为下文希望"我"给他一个肾作铺垫。

部。售楼小姐看过名片之后，直接把我领到了总裁办公室。老板椅后面，坐着的正是我昨晚遇到的男子，他真的是这家公司的总裁。杜总微笑地指着购房合同说："你只要在合同上签个字，房子就是你的了。"真的，杜总真要白送我一套房子! 我惊喜、激动，五官都挪位了："这，我，您，为什么？"杜总悲伤起来："就为你那句话，为了房子，你宁愿抹脖子。"我的表情僵住了："您的意思是……让我抹脖子？"杜总摇头："不，我是想告诉你，我有的是房子，可我却没有健康的身体。我得了尿毒症，活不了多久了，每天晚上，我都到大街上去看我盖的房子，这么多的房子，我死了以后能带走几间？你这么年轻，为什么肯为一套房子去死？"我张口结舌了："我，其实……"杜总突然激动地抓住我的手："我跑遍了全国各地，都没有找到适合我的活体肾，昨天我奇迹般地碰到了你，你的血型和我一样，这种机率只有10亿分之一呀，全中国只有你能让我活下去，我求求你，你给我一个肾，我给你一套房子，不，十套百套都可以，你答应我吧，我们马上签协议，马上就签! "杜总说话的速度比汽车还快，唾沫星子喷了我一脸。

原来杜总想用房子换我的肾，这太突然了。我急忙从杜总手中抽出自己的手："杜总，这事可能违法，您让我回去考虑一下。"说着，逃跑似的跑出了售楼部。

一路上，我脑子里全是杜总那绝望的眼神。人这一生最宝贵的是什么？是我们健康的身体呀! 拥有健康的身体，就拥有了一切! 房子算什么？再贵也有价呀，健康是无价的财富啊! 杜总，祝你好运了，我要用健康去创造财富，不要白来的东西。想罢，我的自卑和压抑没有了，取而代之的是挑战生活的勇气和自信!

总裁先前的话提醒了我，即使有再多的房子都不如拥有健康的身体重要；后面的话体现了他的激动，迫切地想换来生存的机会，生动形象地写出他神态的兴奋，急切的希望"我"同意。

最后一段揭示文章中心主旨，总结全文，说明了身体的健康才是最宝贵的，我们应用自己的能力来创造生活，面对挑战。

文章以房子为话题，先写出了"我"对房子的渴望，后写总裁希望用房子与"我"换肾，最后"我"明白了健康的身体才是最宝贵的东西，并且不打算答应总裁的要求。

这篇文章告诉我们，应该为自己有健康的身体而满足，因为有了健康的身体，我们才能为了更好的生活努力奋斗，千万不要用自己的健康来交换其他身外之物。我们应靠自己的拼搏来换取我们想要的东西，不应不劳而获。面对生活的困难，我们要鼓起勇气来面对，用自己的双手创造美好的未来。

于晓蕾 ◎ 评

━━ **知识链接** ━━

血型 (blood groups.blood types) 是以血液抗原形式表现出来的一种遗传性状。

狭义地讲，血型专指红细胞抗原在个体间的差异；但现已知道除红细胞外，在白细胞、血小板乃至某些血浆蛋白个体之间也存在着抗原差异。因此，广义的血型应包括血液各成分的抗原在个体间出现的差异。通常人们对血型的了解仅限于ABO血型以及输血问题等方面，血型一般常分A.B.AB和O四种，另外还有Rh阴性血型、MNSSU血型、P型血、ab型血和D缺失型血等极为稀少的10余种血型系统。其中，AB型可以接受任何血型的血液输入，因此被称作万能受血者，O型可以输出给任何血型的人，因此被称作万能输血者、异能血者。实际上，不同血型之间的输送，一般只能小量的输送，不能大量。要大量输血的话，最好还是相同血型之间为好。

文/吕 麦

生命是"1"

～～～～～～～～～～～～～～～～

开篇交待布莱恩·让的身份是耍蛇人，以及他所耍的蛇品种独特，危险性高，为后文发生意外埋下伏笔。

进一步说明布莱恩·让在耍蛇方面的荣誉，为文末的抛弃生命作铺垫。

写泰国的气候闷热，渲染了不同寻常的紧张氛围。

运用了拟人的修辞，描绘了眼镜蛇反常的姿态，开始展开事件的叙述。

情况的忽然转变，出人意料，故事情节曲折，并能更生动地体现主题。

通过观众的表现，侧面体现出布莱恩·让的伤势严重。

布莱恩·让的神态描写，写出他的虚荣心强。从观众的视角写布莱恩的迟钝动作，狼狈的样子，却仍撑着表演，与后文大卫的表现形成对比。

布莱恩·让是泰国著名耍蛇人，且他耍的不是一般的蛇，而是令人毛骨悚然的剧毒眼镜蛇。

1998年，26岁的布莱恩·让和一千条眼镜蛇同在一个玻璃柜中"同居"了整整7天而安然无恙，创下当时的吉尼斯纪录，被誉为世界"蛇王"，闻名全球。

2004年3月19日，泰国气候炎热，空气沉闷。许多人从曼谷开车赶赴布莱恩·让的住所，观看他高超的耍蛇技艺。布莱恩·让和往常一样，把一条条"驯服有素"的眼镜蛇，从竹筒里倒出来和他一起表演。其间，一条眼镜蛇屡次不听"号令"，蜷盘着长长的身子赖在舒适、清凉的竹筒里，但经不住主人的"威逼利诱"，很不情愿地登台表演。

布莱恩·让十分娴熟地操控着几十条眼镜蛇，任它们自由灵活地游戈、穿行、缠绕在自己的身体上。突然，就是刚才企图赖在竹筒里偷懒的那条蛇，猛地对布莱恩·让发起攻击，在他的胳膊肘上咬了一口，鲜血立时流了出来。观众们被这突如其来的意外吓坏了，讶异地叫出声来，纷纷提醒并劝说布莱恩·让去医院治疗。布莱恩·让脸上显出几分尴尬，额上沁出许多汗珠，但他却装作什么事也没发生一样，继续着表演。可是，观众们发现，布莱恩·让原本从容、利落的动作逐渐凌乱、迟钝，且浑身大汗淋漓。大家再次劝阻他停止表演，赶紧救治。然而，布莱恩·让尽管已头晕目眩、呼吸困难，明显地感到力不从心，但他仍强撑着坚持摇头说："不行，没事的。我的表演从来没有出现过这样的差错和失误……"接下来，他的情形越来越糟糕，而他却坚持不肯中断表演。大家面面相觑，交头接耳一番后，心照不宣地纷纷快速离去，好使布莱恩·让抛却"面子"，抓紧时间救治。

观众刚一离开，布莱恩·让就像醉汉一般轰然倒地。家人连忙把他送到最近的医院。可是，医生检查后却十分痛心地说：眼镜蛇的毒素已侵袭了他的整个中枢神经和心脏。年仅34岁的年轻蛇王，布莱恩·让停止了呼吸，一命呜呼。曾经的荣誉和称号，随着他生命的终结，成为永久的回忆和过去。

非常奇妙的是：就在同一天，地球的另一端，布莱恩·让的同行——美国知名耍蛇人大卫，也在表演过程中遭到袭击。一条眼镜蛇在他的腹部狠狠咬了一口。遭到攻击后，大卫立刻示意摄像师和助手停止表演，并用双手不停地往外挤压伤口处的毒血，遏止毒素蔓延和扩散的速度。同时驾车赶赴就近的医院寻求帮助和救治。医院动用直升机，在最短的时间内，调来抗毒蛇血清为大卫注射，大卫最终得到了救治，几个星期后痊愈出院。大卫为什么能蛇口逃生？因为大卫为自己的生命赢得了宝贵的时间。而布莱恩·让顾及颜面，为保全"蛇王"的名声，耽搁了救治时间。

不错，名誉是人的第二生命。但是，第二生命毕竟不是第一生命啊！我们常说"留得青山在，不怕没柴烧"。什么是青山？青山就是身体、生命，当你能保住生命，就能开创无限的未来。生命好比数字"1"，如果没有这个"1"，后面纵使加无数个"0"，最后的结果还不是零吗？

布莱恩·让的语言描写，进一步突出他的固执、愚昧。

点出布莱恩·让的固执是为了"面子"，也就是名誉，是情节发展的高潮，与文末相照应。

这里的醉汉不仅是因为布莱恩·让被蛇咬后，无法坚持而倒地，也是因为他这些年为了名誉而活，没有看清生命的价值而一直保持一种浑浑噩噩的生活状态。具有讽刺意味。
对前一个故事的总结。

这是过渡句，很自然地引出下一个故事。

运用一系列动词，写出大卫对自己生命的珍视，与前文布莱恩·让的表现形成鲜明对比。

以自问自答的方式阐释了大卫蛇口逃生的原因，揭示了主题，把大卫的珍视生命与布莱恩·让的重视名誉作对比，从而突出生命的重要。

结尾点明中心，深化主题，引用一个俗语，通俗地说明了生命是一个人做任何事情的基础，解释了文题"生命是1"，以一个反问句收尾，给人留下无限启示，告诫人们珍视生命。

本文用简练但不失生动的语言叙述了两个相似，但结局截然不同的故事，形成鲜明对比，用前者的以名誉为重而忽视生命，衬出后者珍视生命，从而突出生命的珍贵，并告诫我们要珍爱生命，阐明文题"生命是'1'"。

刚刚看到文题，不禁为之吸引。生命是一个百写不厌的永恒话题，但把其说成是数字"1"倒是头一次。使读者立刻产生了兴趣，想了解清楚文题的含义。

接着，打开文字阅读，简单的字句不知不觉中透出些许清新与轻松的味道，令人读来备感舒适。

生命这一大话题已经有无数人用自己的角度谈论过，但生命到底是什么？人说生命是出生的无知；人说生命是母亲的慈爱；人说生命是余晖衬斜阳；人说生命是爱恨纠缠，恩仇快意，玄机四伏，险象环生的一场轮回；人说生命是用爱和拼搏铺就的一段精彩历程。

生命可能绚丽，可能平淡，但共同点是，能静静地安全地活在世上，享有生的权利。

文中的布莱恩·让的形象很有讽刺意味，他竟然为了名誉而甘愿舍弃生命，这是愚蠢至极的做法。

从他悲惨的结局上，我们也要吸取教训。

无论名誉、钱财，都是身外之物，都是"0"，而只有生命是"1"，是一切事的前提条件，所以我们要珍爱自己的生命，也要珍重爱他人的生命。

车子千 ◎ 评

知识链接

眼镜蛇科主要特征：上颌骨较短，前端具有沟牙，沟牙之后往往有1至数枚细牙，系前沟牙类毒蛇，蛇毒液含神经毒为主。本科蛇类不爱活动，头部呈椭圆形，从外形看与无毒蛇不易区别。头背具有对称大鳞，无颊鳞。瞳孔圆形，尾圆柱状，整条脊柱均有椎体下突。我国只有4属8种左右，如银环蛇、金环蛇、眼镜蛇、眼镜王蛇等主要剧毒蛇。

文/晓 光

秋天 与一片叶子有关

　　这个秋天，它不容分说地来了。看见第一片落叶的时候，是在幼儿园的院子里，四周静悄悄的，我站在一棵树下，思绪，在从前的日子里打捞。

　　微风过处，叶子啪啪地落在地上，掷地有声。那一刻，我有些感动，感动于生命的响声，是透过一片落叶所传递给我的。原以为，叶子是随着风一片一片地飘落下来的呢！像飞扬在青春里的裙裾。年轻的时候，没有留心过大自然的景致，季节的更替，甚至小到一片落叶。一如青春岁月，任意挥霍。随着年龄的增长，才觉得逝去的时光是那么珍贵，恍然顿悟，方觉倍感珍惜。

　　在女儿咿呀学语的时候，常牵着她的小手，在一片鱼塘周围散步。那时才留意起，与人类息息相关的自然景象，是那么美好。比如一片叶子，一棵大树，于是学着在一片叶子上数着春夏秋冬，在一棵树上读着生命的诗行。那叶子上的每一条脉络，清晰地记录着生命的痕迹。

　　此刻的我，听到簌簌的响声，追着行人的脚。竟在意起生命的厚重来，落地有声，生生不息。

　　花儿谢了，在秋意潺潺的风里。走过长长的小街，那诱人的、细碎的落叶，铺了一地。这样的时刻，让人心旷神怡。流连在秋日里，常常忘记自己身在何处。

　　如果说，人的故乡是写在纸上。

　　"不容分说"表现出秋天到来之快以及"我"没有做好心理准备的状态。

　　落叶啪啪的声响，惊醒了"我"对自然的感知。

　　比喻，将落叶比作飞扬在青春里的裙裾，从而引发对时间，对韶华已逝的无尽感慨。

　　在叶子上读出生命的痕迹。

　　再次写出落叶声响。

　　花儿的凋零，叶子的残落，本是无尽的凄凉，却觉得心旷神怡。

　　人对故乡的思念，只是由一张张纸、一首首诗而反映。而叶子是树派来的使者，回报大地母亲的关爱。

那么，叶子的故乡一定是写在心上。

每一片叶子上，写满了不断的、依依的——深情。

在那个初秋的午后，在幼儿园的树下，偶尔，几声啪啪的响声，撞击着地面，发出钝钝的响声。初疑是雨，及至回头，发现是树上的叶子掉落下来。原来，植物的生命也是有声音的，在不经意间，常常撞响你的思维。一如此刻的我，为着一片落叶而生的感慨！

想起几年前，一个人，经常去家附近一所学校。其实，孩子上小学时，有个很好的理由，每天接送孩子为由，及至孩子升上初中以后，仍然眷念那所校园，每当春来时，那些在春光中的小小叶片，惊惊炸炸的样子，让我怜爱。夏天里那四周的蓊郁和满园子的欢声笑语，让我流连；秋天的一地金黄，让我忍俊不禁；深冬里的一地洁白，常常绽放在一个季节的梦里。那个所在，实在是矗立在闹市中的幽静之所，它为我平淡的生活平添了不少乐趣。常常有意无意，在读书的空隙，在纷繁的世界中，抽身，与自己独处，与心灵独处。走在寂静的校园里，宽阔的操场，整齐的校舍，偶尔传出琅琅的读书声。那一刻，我感动着，甚至想流泪。不知不觉，一行行热泪挂在腮边。

儿时的记忆上，听到豆荚在阳光下炸裂的声音，清脆悦耳，欢欣鼓舞。随即有黄灿灿的圆豆子滚落出来。那是成熟的暗示，秋天的语言。

人出生的时候，带着响亮的声音光顾了这个世界，有力而坚韧的回响，那是人的第一声呐喊。

女人十月怀胎，一朝分娩。那是瓜熟蒂落，那是成熟的喜悦。

何必为着秋天唱上一首挽歌呢？"燕子去了，有再来的时候；杨柳枯了，有再青的时候。"

秋天，实在是一首欢乐的圆舞曲。有成熟的喜悦，丰收的喜悦，成功的喜悦。

它是力量。它也是希望。

第三次提到叶子落地时钝钝的响声。那巨大声响，竟让人以为是雨的袭击。

总说，为落叶而生的感慨！

校园在四季中的美丽景象，是希望所在。

在读书中仍有快乐，在寂静间独处，叩问心灵。

孩子的读书声，给人以希望，让"我"感动流涕。

豆荚炸开的声音，婴儿呱呱坠地，是瓜熟蒂落、成熟的喜悦。

秋天也有积极的一面，虽一切衰败，却预示着明年的丰收。

提挈全文大意。将秋天比作一首欢乐的圆舞曲，写出秋天欢快声音的美妙。

树是有灵魂的,人类从"树神崇拜"时就这样认为着。古希腊的亚里士多德也说:"植物是有灵魂的"。树总是通过某种方式给人以启迪——苹果给牛顿灵感,菩提的气息让释迦牟尼顿悟,而作者在寂静之时,感悟人生哲理。

　　全文围绕秋天的声音,用大量笔墨来写落叶的声音,表达对自然的赞美,寻找生命的痕迹,对故土的爱恋,对韶华已逝的无限感慨。还有豆英在阳光下炸裂的声音,婴儿呱呱坠地的声音,学生朗朗的读书声……一切都是那么和谐,充满着希望。

　　作者一反常规,没有写秋天的萧瑟,而是写秋天成熟的喜悦,丰收的喜悦,成功的喜悦。一切都由一片落叶而生,一切景语皆情语。

　　掩卷之后,心中洋溢力量与希望。秋天的各种声音依旧在耳畔响起。

王若兰 ◎ 评

知识链接

　　立秋是二十四节气中的第13个节气。每年8月7日或8日视太阳到达黄经135°时为立秋。 根据平均温度划分季节的标准,必须是5天的平均温度在22℃以下才算是秋天,按照这样的标准,江淮地区一般是在9月中下旬才进入秋天。立秋后虽然一时暑气难消,还有"秋老虎"的余威,但总的趋势是天气逐渐凉爽。气温的日较差逐渐明显,往往是白天很热,而夜晚却比较凉爽。

爱的形状

　　爱的形状不只体现在动物身上，在我们的身边也处处可见她的美丽身姿：在2008年的"5·12"大地震中，谭千秋老师，像一只矫健的雄鹰，撑起一片安全的"晴空"，死死护住了几名学生。谭老师那慷慨悲壮的展翅之姿，是爱的形状。

文／祝　伯

两只蝴蝶

那是在一节语文课上，我们正学习季羡林老人的散文《夹竹桃》。文章笔触细腻，营造出了夹竹桃娇嫩坚韧、花影迷离的空灵意境。

那一刻，窗外的月季花也开得正艳，一股清香随着清风飘进了室内，给课堂增添了一丝馨香。

可是就在快要下课的时候，我突然发现教室后面的地上落着两张纸片，不大，但白得刺眼。我的美好情绪顿时一落千丈。

学校里有规定，班级室内出现纸屑要被扣掉值日分，并且与班主任的绩效工资挂钩。身为班主任，我每天都要强调好几次，可还是有学生不听话，这不，现在这两张纸片不就明目张胆地出现在眼皮底下了！

我决定要好好教育一下那些不自觉的学生，就板起了脸问：

"后面的纸屑是哪位同学扔的？"

教室里一片死静。学生们面面相觑，好长时间，也没有人主动承认错误。

"同学们，犯了错误不要紧，重要的是能够知错就改。再给那位同学一次机会，希望他能主动承认错误！"可还是没有人承认错误。

我便生气了，"这样吧，给这位同学两分钟的时间考虑一下，不然查到了会很难堪的，希望不要耽误

开篇简单介绍了故事的背景，引出第二段的景物描写，渲染了一种温馨的气氛，烘托出"我"当时心情愉悦。

第三段开始进入记叙，心情也出现了改变，与前文形成强烈的对比。使文章更有层次感，使内容波澜起伏。

七、八、九自然段设置悬念吸引读者，并为下文是两只"白蝴蝶"作铺垫。

一般说来，心虚声音小，但这里却用"声音很响亮"为下文的"真相"埋下伏笔。"声音很响亮"反映了他的性格特点。几句对话把内容推向高潮，17段以简单的语气交待了事情的结果。

通过对话，也能表现出老师与学生之间的爱。调皮的学生应该会解释一下，而此时却"连连点头"。为下文作了铺垫，留下了悬念。

说明老师此时对自己的误解与武断十分愧疚。

暗示营正东为了让老师、同学不再尴尬，于是走出来承担了这"莫须有的罪名"。两处引用名人名言使文章更加生动有意义，突出文章的中心——信任、心灵相通的重要性，同时也表达了"我"对营正东的歉意与后悔内疚之情。

大家的学习时间。"教室里仍旧是一片死静。

我看着表，待到1分58秒的时候，"调皮圣手"营正东站了起来。"老师，那纸是我扔的。"他低着头说道，声音很响亮。

"很好。那刚才为什么不承认？"我趁机追问。

营正东没有回答，可能他已经认识到了自己的错误。我的气也渐渐地消了，就说"能主动承认就好，还算个男子汉，希望你以后不要再犯类似的错误了。"营正东连连点头。

"那现在应该怎么办？"我启发道。

营正东同学没有说话，离开座位，在众目睽睽之下快速走到了教室后面。他弯下腰去，想要捡起那两张纸片。

可就在这时，奇迹发生了。

还没等营正东伸出手来，那两张纸片，飘飘悠悠地就飞了起来，继而在教室里翩翩起舞，上下翻飞，惊得同学们瞠目结舌。

嘿，原来不是纸片，是两只白蝴蝶！

霎时间，我惊呆了，学生们也惊呆了。

忽而地，教室里爆发出了一阵笑声。

我忽然觉得脸上一阵发热，也不由得跟着笑了。事后，我很为这次的"聪明说教"而感到深深的羞愧。苏霍姆林斯基说过，"每个人都有一颗成为好人的心。"孩子们是那么正直可爱，就连营正东同学也表现得那么出色，我却误会了他，真不应该啊。德国哲学家雅斯贝斯也说："教育的本质意味着：一棵树摇动另一棵树，一朵云推动另一朵云，一个灵魂唤醒另一个灵魂。不能触及学生心灵与情感的教育就不是深刻的教育。"一席话道出了师生之间彼此信任，心灵相通的重要性。

非常感谢那两只美丽的蝴蝶，它们给我们上了一堂生动而美好的课！不觉间，"小虎队"的那首经典的《蝴蝶飞呀》已悄悄地回响在耳畔，"心是成长的力量，就像那蝴蝶的翅膀，迎着风声越高歌声越高亢，蝴蝶飞呀，就像童年在风里跑……"

在那个阳光灿烂的上午，当看着营正东帅气的背影远去时，我似乎觉得他的头顶上方有两只蝴蝶在翩翩起舞，那么的纯白，晶莹……

引用了歌曲，歌词与题目相呼应。结尾使人警醒，启发人深思。

表达了对营正东的佩服与喜爱。他这种为了集体而牺牲的精神让"我"心生愧疚，此时的"两只蝴蝶"似乎让我们看到了信任之花在悄然绽放。

全文以两只白色蝴蝶为线索，贯穿全文。通过"我"把蝴蝶当做纸，结果误会了营正东同学这件小事引出了一个大的道理，以小见大，表达了"彼此信任，心灵相通的重要性"的主题。

文章以记叙为主，反映了现在的师生之间的关系——彼此不信任，文章更起到了深刻的教育意义，也写出了营正东同学的勇敢与善良，告诉我们要时刻为他人着想，才能赢得他人的尊重与喜爱。

横跨在学生与老师之间的多是一些教育的桥梁，并不能触及学生的心灵，师生之间应彼此信任，多多沟通与理解，学习营正东可爱的一面，使师生之间建立起牢固的信任之桥，使师生之间的关系更加美好和融洽。

刘柩航 ◎ 评

=== **知识链接** ===

瓦·阿·苏霍姆林斯基 (1918-1970)，前苏联著名教育实践家和教育理论家。他从17岁即开始投身教育工作，直到逝世，在国内外享有盛誉。他出生于乌克兰共和国一个农民家庭。1936年至1939年就读于波尔塔瓦师范学院函授部，毕业后取得中学教师证书。1948年起至1970年去世，担任他家乡所在地的一所农村完全中学——巴甫雷什中学的校长。自1957年起，一直是俄罗斯联邦教育科学院通讯院士。1968年起任苏联教育科学院通讯院士。1969年获乌克兰社会主义加盟共和国功勋教师称号，并获两枚列宁勋章、1枚红星勋章、多枚乌申斯基和马卡连柯奖章等。

文／李玉兰

俯下身去膜拜卑微

"刺目"，写出了男孩出现的唐突，为下文事情的发展作铺垫。

　　周末，我带着女儿在晚风中散步，不经意间，一个跪在街旁的男孩，刺目地撞入了我的视野。

　　男孩衣着褴褛，头上扎着白色的布条，面前铺着一块写满红字的白布，大约在陈述着什么不幸，只是那白布脏兮兮的，几乎辨认不出最初的颜色。路过的人，或不屑一顾地丢下一句：准是骗局；或好奇地驻足看上一眼，顺手丢下一元、五角的纸币，男孩便慌不迭地磕头，嘴里含混不清地道着感谢。

写出男孩的落魄，衣着在街上很突出，为下文人们认为是骗局作铺垫。

　　北方三月，乍暖还寒，地上的冰雪还没有完全融化。看着冷风中乞讨的男孩，我的心忽然很痛，我无暇去猜想他面前所写的悲苦遭遇究竟是骗局还是事实，只是在想：这是谁家可怜的孩子，竟在这样冰冷刺骨的水泥路面上，以这样屈辱卑微的方式跪着求生！

作者内心的感慨，为男孩这样的方式感到不解，在冷风中求生，让作者心也跟着颤抖。

　　我就这样远远地观望着，不忍用自己微薄的施舍购买男孩本应坚守的做人的尊严。

　　一个衣着华贵、上了年纪的女人走了过来，弯着腰认真地看了看男孩面前的"陈述"，然后俯下身去，打开手提包，若有所思地找了一会儿，把一张十元的票子折叠了一下，小心地放在男孩面前的盒子里，轻轻地拍了拍男孩的头。男孩显然被感动了，连着磕头，不停地说着："好人啊好人……"麻木的眼中，已有点点晶莹。女人的眼睛亮了，急忙挡住了男孩磕下去的头，又拿出十元钱塞进男孩脏兮兮的手里，才转身离去。我不知道这个女人的身份，也不知道她到底是不是个"好人"，但她在做这一切的时候，并没有在意周围有没有注视她的眼睛，自己这么做是否有意义，她只是随着自己的心之所指，停下了脚步，俯下身去……

一瞬间，我的心有柔软的疼痛划过，在这喧嚷的街道上，我仿佛闻到了来自灵魂的芳香，华贵的女人与卑微的乞儿像一幅画面定格在我的眼前，让我想起了另一个关于高贵与卑微的故事。

著名的雅典哲学家苏格拉底曾经有一位很富有的学生，常趾高气扬地向同学炫耀：他家在雅典附近拥有一望无边的肥沃土地。

为了让他懂得谦卑，苏格拉底拿出了一张世界地图，说："麻烦你指给我看看，亚细亚在哪里？"

"这一大片全是。"学生指着地图洋洋得意地回答。

"很好！那么，希腊在哪里？"苏格拉底又问。

学生好不容易在地图上将希腊找出来，但和亚细亚相比，的确是太小了。

"雅典在哪儿？"苏格拉底又问。

"雅典，这就更小了，好像是在这儿。"学生指着地图上的一个小点说。

最后，苏格拉底看着他说："现在，请你再指给我看看，你家那块一望无边的肥沃土地在哪里？"

学生急得满头大汗，拿着放大镜找了半天，还是找不到。他引以为自豪的那块一望无边的肥沃土地，在地图上竟连个影子也没有。

可见，高贵与卑微只是一对境遇不同的孪生兄弟，两件不同质地的外衣，包裹着的其实是平等的灵魂和同质的生命内核。贫穷与富贵、伟大与平凡，不过是生命不同的阶段和形式。人生的旅程峰回路转，当我们恰好有机会可以与"卑微"遭遇，请让我们秉持一颗谦卑的心，俯下身去，留一丝灵魂的"芳香"……

女人受自己善良的心的指引，没有因外界异样的眼光而改变内心的初衷，毅然向男孩伸出了援助之手。

自然地由眼前景过渡到了苏格拉底的故事。

总结全文，揭示了文章主旨：高贵与卑微只是生命的外在形式，谦卑与善良才能构成真正芬芳的灵魂。

卑微也值得人来膜拜，秉持一颗谦卑的心，寻找内心的柔软，留一丝灵魂深处的芳香。

　　人生来没有高贵卑微的区别，生命都需要敬畏，正如作者所说："贫穷与富贵、伟大与平凡，不过是生命不同的阶段和形式。"我们不应该只看到生命的外衣，而应看到生命内在的灵魂和本质。高贵的外表下掩盖的也许是一颗丑陋的灵魂；卑微的外表下，怀揣的却往往是一颗滚烫的心灵。任何生命都值得我们去敬畏，以一颗谦卑之心去面对生命就是对生命最大的尊重。

韩淞任 ◎ 评

知识链接

　　苏格拉底（英译：Socrates；公元前469—公元前399），著名的古希腊思想家、哲学家、教育家，他和他的学生柏拉图，以及柏拉图的学生亚里士多德被并称为"古希腊三贤"，更被后人广泛认为是西方哲学的奠基者。

文/小 白

爱的形状

我曾一度陷入思考，爱有形状吗？

多少天来，我一直在寻找爱的形状。

直到读到了下面的图片和文字，我才有了答案。

那是一个飘着细雨的黄昏，闲来无事，我随手翻阅起了丰子恺先生的《护生画集》，忽然一幅画作映入眼帘，我的内心顿时就生出了一阵震撼，一种久违的感动，潮水般涌上了喉间，让我无法呼吸。画面的内容是这样的：一个人在煮一条鳗鱼，鱼到了锅里就竭尽全力地将肚子高高地拱起，只将头部和尾部浸在沸水里，不让开水煮到腹部。这个人很纳闷，就将鳗鱼的肚子剖开，原来鳗鱼的肚子里满满当当全是卵，它不让腹部靠近热水，只是为了保护肚子里的孩子！

从那以后，鳗鱼那高高拱起的弧线，就深深地印入了我的脑海，挥之不去。想起那一幕，我的内心里就泛起了爱的波澜，我想那应该就是爱的形状！

我忽然记起了苏教版小学课本中的一篇课文，文章的题目叫做《生命的壮歌》，课文讲了两个感人至深的故事。其中一篇叫"蚁国英雄"，讲的是：一天，由于游客的不慎，使得临河的一片草丛起火了。这团烈火把一群蚂蚁包围了！可是蚂蚁们并没有慌乱，而是团结在一起，迅速地扭成一团"蚁球"向着河岸突围滚去，外层蚂蚁不断被灼焦，发出哗哗啵啵的声响，可至死也不放弃自己的岗位。终于，"蚁球"滚进

开门见山，引出"爱的形状"这一线索，进而展开全文。

描绘了将鳗鱼放入锅中鳗鱼将肚子高高拱起的状态，引发读者的疑问，为下文作铺垫。

鳗鱼腹部高高拱起的弧线是一种"爱的形状"——用尽全身力气来保护腹中孩子的无私母爱。

以血肉之躯筑起的爱的形状，蚂蚁滚出的"生命之球"融合了一个大家族间携手相依、永不分离的那份爱。

了河里,河面上升起了烟雾,里层的蚂蚁得救了。那一刻,我想在那滚烫的河水中倒映着的令人震撼的"生命之球",应该就是爱的形状吧!

另外一个故事"生命桥"改编自沈石溪的《斑羚飞渡》,主要讲:一群羚羊被一个狩猎队赶到了悬崖边,即将被活捉。在这危急关头,老羚羊挺身而出,用自己的生命作为桥墩为年轻羚羊架起了一座"生命桥",让它们的血脉延续了下去。它们一起有秩序地起跳,老斑羚凭着娴熟的跳跃技巧,在它们从最高点往下落的瞬间,身体正好出现在小羚羊的蹄下,就像两艘宇宙飞船在空中完成了对接一样,小羚羊的四只蹄子在老羚羊宽厚的背上猛蹬了一下,成功飞跃过山涧。就这样,一对对羚羊凌空跃起,在山涧上空画出了一道道令人眼花缭乱的弧线。每一只年轻羚羊的成功飞渡,都意味着有一只老羚羊摔得粉身碎骨。老羚羊们舍生忘死从悬崖上画出的那些闪耀着生命之光的"弧线",就是爱的形状!

爱的形状不只体现在动物身上,在我们的身边也处处可见她的美丽身姿:在2008年的"5·12"大地震中,谭千秋老师,像一只矫健的雄鹰,撑起一片安全的"晴空",死死护住了几名学生。谭老师那慷慨悲壮的展翅之姿,是爱的形状!

在民族危难之际,战士们钢铁般不屈的英姿,是爱的形状!

在遭遇困难之际,四面八方伸出的援助之手,是爱的形状!

在胜利归来之际,友人的一个甜蜜的微笑,是爱的形状!

父母额头被岁月犁出的沟坎,是爱的形状!

一朵花的绽放是爱的形状!

一片叶的飞扬是爱的形状!

一滴露的圆润是爱的形状……

真爱有形,源于内心。

斑羚用生命勾勒出那条弧线,为身后的小羚羊开辟出生命之路,这条闪光的弧线,是闪耀着无限爱意的"爱的形状"。

由物至人,写出人的爱所构造出的形状,更加伟大、令人震撼。

结尾总结全文,紧扣主题,以排比的手法,增强语势,描绘出生活中许许多多爱的形状。

点明文章主旨:爱是有形状的,是心中的爱和善构成了它坚不可摧的完美形状。

全文引用多组事例，为我们描绘出一幅幅优美又略带悲伤，震撼心灵的画面，生动地体现出"爱的形状"。表达了作者对爱的赞美和崇敬。

　　文章层层递进，接连呈现出惊心动魄的场景。这一幕幕震撼人心的爱之场景告诉我们，内心中真挚热烈的爱，也是有形的，只要我们细心观察，不难感受到其中如泉涌般的温暖。

左添丞 ◎ 评

知识链接

　　丰子恺，原名丰润，是中国现代画家、散文家、美术教育家、音乐教育家、漫画家和翻译家，是一位多方面卓有成就的文艺大师。解放后曾任中国美术家协会常务理事、美协上海分会主席、上海中国画院院长、上海对外文化协会副会长等职。被国际友人誉为"现代中国最像艺术家的艺术家"。丰子恺风格独特的漫画作品影响很大，深受人们的喜爱。他的作品内涵深刻，耐人寻味。

　　丰子恺是我国新文化运动的启蒙者之一，早在20世纪20年代他就出版了《艺术概论》《音乐入门》《西洋名画巡礼》《丰子恺文集》等著作。他一生出版的著作达一百八十多部。

文/墨 青

送你一朵玫瑰花

那天是情人节，晨光明媚，烟霞浮动，男孩晨练回来，正准备上楼。忽然从楼上打着旋儿飘落下来一片红云，晃晃悠悠地，不偏不倚，正罩在了他的头上。男孩顿觉自己像是坠入了一场红色迷雾，顷刻间，一股柠檬味的清香气息扑鼻而来，弥漫在周围。

男孩赶忙取下头上的东西，定睛一看，原来是件还未晾干的衣服，上面赫然印着一朵玫瑰，在对着他盈盈地笑。

这时，一阵银铃般的笑声，从对面楼上的阳台上飘了下来，轻轻落在了衣服的玫瑰上。男孩抬头一看，一间阳台里探出了个十八九岁女孩清秀的脸蛋，在冲着他微笑，甜美的笑容里写满歉意，宛如一朵含苞欲放的花蕾。霎时间，男孩仿佛觉得有道阳光滑过楼顶，灿烂而芬芳，心里忽然觉得，女孩的面庞在楼旁松树的映衬下，就像一朵带露的玫瑰。

男孩不禁也笑了，向女孩招了招手，示意她赶快下来拿回她的衣服。眨眼间，那个漂亮女孩的面孔就从阳台上消失了。男孩只好愣愣地待在原地，等着她下楼来。

因为这件玫瑰衣裳，男孩和女孩相识了。从那一刻起，男孩就喜欢上了女孩，他开始频繁地约见女孩。

开头一句交待时间，用简短的景物描写，营造出情人节的清晨浪漫、明媚的氛围，为主人公的偶遇创设了条件，为全文奠定基调。紧接着，又有一件印有玫瑰的衣服"从天而降"，两个巧妙的设定，拉开整个故事的帷幕。

第三段，女孩出场了，而作者并未直接描写女孩的外貌，而是先写女孩的笑声，人未到，声先至，表现出女孩开朗的性格。在这一基础上，进而描写女孩的外貌，重点抓住的是女孩的笑容，甜美，宛如花蕾，好似阳光，犹如玫瑰，再次提到玫瑰。与题目相呼应，写出了这种一见钟情，是这段美好爱情的美丽开端。

这件玫瑰衣裳从这里开始频频出现，成为了文章的线索，代表着人物的情感、情节的发展。这让两位主人公结缘的"玫瑰"也香气渐浓。

然而女孩却总是羞怯地回避他，女孩来自农村，高中毕业，因家境贫寒而退学，在附近的工厂里打工，暂住在她的姑妈家。女孩很自卑，觉得有些配不上正读大学的男孩。可是男孩不在乎这些，他仍然不断地去找女孩，他愿为女孩做任何的事情，护送她上下班啊，甚至为她买菜做饭。终于，女孩被他的诚心感动了，便不再回避他。有一次，男孩偷偷地带了一束玫瑰送给女孩，女孩竟然红着脸接受了。男孩欣喜若狂。

面对男孩的频频示爱，女孩却总是退缩。这看似平凡的一段经历却饱含了深情。男孩的坚持和女孩的善良，这两个生活中平凡的小人物在生活中谱写了一曲不凡的歌。而段尾再一次提到玫瑰，与题目相映。

　　此后，每次约会时，女孩总会穿上那件印着玫瑰的衣裳，她说那是他们的红娘。每次见面，男孩也总会带上一枝玫瑰，他知道玫瑰是女孩最喜爱的花，因为女孩的名字就叫玫瑰。

女孩的玫瑰衣裳，男孩的玫瑰花，女孩的名字——玫瑰。三处连续的玫瑰，也见证了他们香甜的爱情。

　　不出女孩所料，他们的交往，遭到了男孩父母的强烈反对，一方面是因为男孩还没有完成学业，另一方面也因为女孩的家庭出身。男孩和女孩都很伤心，暑假里他们索性离家出走，一起到南方的一座城市里打工去了。男孩的父母这才着了急，不得不同意他们继续交往。

女孩的担忧成了现实，文中并未提到他们的忧虑和烦恼。只是写出了他们的勇敢与不弃。他们面对爱情是坚定的。作者并未细致描写，但读者也会联想到他们的坚定，这巧妙的一个"不提"，却印证了两人感情的真挚与深厚。

　　男孩毕业后，进入了一家中学，做了一名教师。女孩在男孩的帮助下，报名参加了网络荐稿、写稿的学习，经过几年的努力，如今已经成为了小有名气的职业撰稿人，收入也很不错。一家人过上了幸福甜蜜的生活。

　　现在，每逢情人节，已为人夫的男孩总会给妻子送上一枝玫瑰，一个甜蜜的吻，一如从前，情意绵绵，深情款款。娇艳的玫瑰，穿过岁月的烟云，摇曳在爱情的枝头，宛如一盏灯，点燃了心灵，照亮了生活，温暖了人生。清芬的玫瑰，散发出浓浓的爱意，柔软如花瓣，坚贞如刺芒，那么的纯洁，那么的高雅，清淡出尘，日久弥香。

故事的结局是美满的，结尾处作者进行了一段总结，升华了文章中心，深化主题。

爱情正如玫瑰，玫瑰见证了男孩和女孩的爱情，未因时间而淡，不为困苦而远。这就是他们简单而珍贵的爱情。

通读全文，也许你未曾震撼，未曾洒泪。但温馨、美好，像糖一般甜暖的滋味却缓缓流出。这也许才是真正的爱情，新鲜却平凡，平凡又不失滋味。

这也许是个并不特殊的故事，男孩与女孩巧遇，美好的一见钟情，波折的追求幸福，美满快乐的结局。但这也是个不凡的故事，玫瑰图案的衣裳，玫瑰般娇艳的姑娘，一束定情的玫瑰花，一个美丽的名字——玫瑰，岁月相守不变的一枝玫瑰。这象征着爱的花将男孩和女孩系在一起，成就一段坚定的爱情。

有人说："爱是经得起平淡的流年。"爱可以永生，只要维系着爱人的情不断，爱就不死。

文中的女孩美丽也渴望爱情，而她的善良与细腻又让她退却，直至被男孩的真诚打动。

文中的男孩阳光也渴望爱情，他的真诚、付出、坚持让他不放弃，直至打动了心仪的女孩。

他们很普通，但这个"巧"妙的生活让他们相遇。

无论是他们的坚持抑或勇敢，都是那如玫瑰般绽放的爱的力量，而他们的努力也收到回报，生活接纳了他们，幸福临于他们身畔。

玫瑰娇艳而富有生机，这文中的玫瑰更是了无尘俗，只是简单地美丽着。

爱如玫瑰绽放，花不凋谢，爱未熄灭。

我们歌赞她，她，最美，最真，最炽热。

她就是爱。

丛烨 ◎ 评

知识链接

玫瑰花语

玫瑰（红）：热情、热爱着您。我爱你、热恋，希望与你泛起激情的爱。

玫瑰（蓝）：敦厚、善良。

玫瑰（粉红）：感动、爱的宣言、铭记于心、初恋，喜欢你那灿烂的笑容。

玫瑰（白）：天真、纯洁、尊敬、谦卑。

玫瑰（黄）：不贞、嫉妒、欢乐、高兴、道歉。

玫瑰（紫）：忧郁、梦幻、爱做梦。

玫瑰（捧花）：幸福之爱。

玫瑰（橙）：羞怯，献给你一份神秘的爱。

玫瑰（花苞）：美丽和青春。

玫瑰（橘）：欲望。

文/祝 伯

花草丛生的记忆

打开记忆的窗扉，在一片生机盎然的时光丛林间，涌现出了一条河。河面宽阔平坦，河底花草丛生。浅浅的河湾里盛满了我们童年金色的阳光，流淌着我们晶莹无瑕的欢乐。

开篇通过回忆的方式引出了这条曾给予"我"无尽欢乐的河。

这是一条年久失修的旱河，沉睡在村西的田地边很有些年头了。沿河两岸的斜坡上栽满了桃树，每逢桃花盛开时节，浓郁的花香便覆盖了河沿，成群的蜂蝶伴着桃花翩翩飞舞，美不胜收。干涸的河底长满了野生的花草，水草丰茂，沉静地荡漾着远古的绿色，鲜嫩的芦苇在微风中摇曳，无数温柔的箭镞射向岁月的远方，射向了湛蓝天空里悠然飘摇的云朵，射向了花草丛生的记忆深处……

交待了这条河的历史背景与它两岸优美的风景，让人沉醉。

以蜂蝶、花草为例写出了两岸鸟语花香的勃勃生机与碧波荡漾的静谧气氛。

青翠欲滴的草丛间，隐匿着一条逶迤清亮的溪流，断断续续，时隐时现。

引出下文。

母亲说，那是旱河被村人遗弃后流下的伤心泪。

那时候，我们一帮孩子，还不知道什么叫伤心，只知道将无忧无虑的童年时光潇洒地注入干涸的旱河中。也没有时间去伤心，总是难以拒绝旱河的诱惑，总是认为那花草丛生的河底里掩藏着数不尽的珍宝。眨眼之间，一群青春四溢的身影，带着寻宝的梦想，便已融进了绿意荡漾的花草丛间……

承上启下，赋予了这条河流少许神秘，文章的感情色彩发生了转变，也为下文设置了悬念。

生动地写出了小时候孩子天真烂漫的行为与想法，也从侧面写出这条河的魅力。

枯瘦的小溪流呈现在眼前，宛若流动的玻璃，干净、澄澈，晶亮无瑕，让我们的心情也清澈了起来。我们沿着清亮的小溪流向前探索着，在寻找一种藤本植物上结的野果子。我们鲁莽的动作惊动了小溪流里的游鱼，鱼儿忽地翻出洁白的肚皮，撇着身子，向前蹿了出去，扑腾起了晶莹的水花，鳞片闪闪发亮。水底有零星的石子，经过流水长时间的荡涤，纹理显得精美而秀气。小鱼儿尾巴用力一拍水面，便从这些石子上一跃而过，继续向前冲去。

我便将野果子抛之脑后，奋力去追赶那条小鱼儿。小鱼儿真是个调皮鬼，尾巴轻盈地一摇，便钻进了芦苇丛里。于是，我就在旱河里漫无边际地寻找小鱼儿。我记得，起初，我是跟着水面上那一星儿的漩涡走。可是不一会儿，狡猾小鱼儿便躲进了深水区不见了，水面上又复归于平静。我没有找到小鱼儿。后来，我又丢弃了小鱼儿，跟着一群花蝴蝶走。折腾了半天，我觉得累了，便背靠着河边的一棵桃树坐了下来。草丛间顿时也安静了下来。渐渐地，我仿佛被花草和泥土吸收，变成了一株桃树，渐渐地，我在沁人的芬芳中进入了梦乡。

不知过了多久，我被母亲和伙伴们一阵阵急切的喊叫声惊醒了。此时，夜幕已经降临，我心里突然感到一丝恐惧，便竭尽全力张开大嘴喊了起来。我颤抖的声音惊飞了一群群水鸟……

后来，我的脑海里常常浮现出那一幅令人难忘的剪影，每每想起那一幕，我的心里便涌起了一阵甜蜜，芬芳而又刺激，历久弥新。如今，我的童年已像袅袅的炊烟默默地随风而去了，但是那些花草丛生的记忆却永远地留在了心中……

灵动的文字为我们呈现出了这条清亮的小溪，也同时让心情开阔了。

动静结合，顽皮的鱼与秀气的石子突显了这条小溪的可爱灵动，令人心驰神往。

承接上文的鱼儿，通过鱼儿的游动进而人跟着行动，为后文"我"进入梦乡作铺垫。

放弃了寻找鱼儿而把注意力转到了蝴蝶身上，突显了孩子的本性活泼，心随眼动。

时间流逝，"我"的心也渐渐地和这片静谧的土地融为一体，进入了甜美的梦乡。

母亲叫醒了"我"，内心的丝丝恐惧让这条小溪立体化。

总结全文，深化中心，写出了这条小溪曾带给"我"最美好的回忆，虽然童年已经流逝，但这记忆却永远在心中生根、发芽，散发着清香。

本文语言丰富多彩，描绘了一条清亮美丽的河。通过对河的喜爱和赞美之情来怀念自己快乐的童年时光。

　　文章开篇即点出这条河承载着我"金色的童年"，所以不难从字里行间看出孩童时代的天真活泼。文章展现了一条生机勃勃、蛮有趣味的河，通过回忆自己在河边发生的一串故事来描绘自己最灿烂的快乐童年，仿佛把我们也带入了那个活力四射的世界里。

　　文章中间部分则重点突出了童年的无忧无虑。在河边奔跑、捉鱼等都表现了童年时小孩子好动、对新鲜事物充满好奇，并且生活得没有烦恼的状态。为我们展现了一段简单却又真实的时光。

　　文章结尾通过写在河边的梦乡而突出了这条河带给"我"的芬芳；但更重要的是突出童年时光带给"我"的甜蜜。如今虽然童年已经逝去，但这段珍贵的回忆却留在了脑海中，历久弥新。

　　全文以"河"为线索，表达"我"对这条河的喜爱和赞美以及对童年美好时光的怀念。金色的阳光、清亮的小溪、调皮的鱼儿……这一切美好的事物都已成为"我"最甜蜜的回忆，这花草丛生的记忆将永远留在心中！

刘温馨 ◎ 评

=== 知识链接 ===

　　河流通常是指陆地河流，即陆地表面成线形的自动流动的水体。世界不少著名河流像长江、亚马逊河都是这样流动的。河流一般是在高山地方作源头，然后沿地势向下流，一直流入像湖泊或海洋般的终点。世界第一大河是亚马逊河；世界第一长河是尼罗河；世界上流域面积最大的河是亚马逊河；世界上最深的湖是贝尔加湖；世界上最大的淡水湖是苏必利尔湖；世界上最低的湖是死海；世界上最大的咸水湖是里海。

文/云 飞

爱是缤纷的糖果

她认识他的那年才十八岁。

那时，她家是村里最穷的人家，但她也是村里最美的姑娘。

当有人把邻村的他介绍给她的时候，她愣了，眼前的他，并不是她想象中那么英俊高大，而是其貌不扬，她有些失望。他看出了她的心思，他没有立刻掉头就走，而是小心翼翼地从口袋里掏出一条白手绢，放在她手心说，看不上我没关系，这个是我送给你的。她打开一看，几乎惊叫起来，手绢里躺着一颗她做梦都想吃的糖果！在那个年代，一颗糖果可不是想吃就能买到的。

那天，他看着她满心欢喜地把那颗糖果吃完。他知道她接受了他。

他轻松地笑了。是的，追她的人那么多，唯有他知道她心里最想的是什么。

他们结婚的时候，村里人都说她中了他的"邪"。

婚后，村里人都发现他有一个怪癖：喜欢四处搜集糖果。只要听说谁家有糖果，谁家有喜事，他就会像小孩一样去要一些回来。村里人都说他贪吃，爱占小便宜。可他只要得到糖果，任人取笑都不恼。

他把辛苦搜集回来的糖果，小心剥去外面薄薄

通过她的惊讶神情，引出文章的线索——一颗糖果，交待故事起因，为后文作铺垫。

采用欲扬先抑的手法，使读者对"他"的第一印象感觉并不好。

的一层糖纸，轻轻地放在她嘴里的时候，她就甜甜地笑了。笑的时候，露出两个可爱的小虎牙。他喜欢看她吃糖微笑的样子。

她从来不把吃过的糖纸扔掉，总是小心翼翼地保留起来。天气好的时候，就拿出来晾一下。有时候被风吹到天空中，像一只只色彩斑斓的蝴蝶飞来飞去。他们两个像小孩子一样追啊，抓啊，好不开心。糖纸晾好后，她把糖纸叠成一个个小星星，装进一个个透明的玻璃罐里，放在每天都看得到的地方。他们没有孩子，她说"小星星"就是他们的孩子。

生活好了，他自己也经常买糖果回来。但他还是改不了四处搜集糖果的习惯。只要知道村里哪家人要出远门，他都要跑到人家，把一大把钱塞到人家手里，并嘱咐一通说，再回来的时候一定记得带一些村里没有的糖果。

年轻的时候，她喜欢吃硬糖果。每当她吃硬糖果时，他就站在她面前，静静地听她"嘎嘣嘎嘣"地嚼糖，他说他喜欢听响声。

她不到六十岁，牙齿掉了大半，他就给她买软糖，看她"吧嗒吧嗒"地化糖。她的牙齿掉光了，他就喜欢看她闭着眼睛含着糖，慢慢品尝、享受的模样……

他和她，就是我的姑老爷和姑奶奶，今年八十岁了！

一颗糖果可以成就一段美好的姻缘？在今天的我看来简直不可思议！

有一次，姑奶奶告诉我：在那个年代，一颗糖果的惊喜，赛过今天的恋人送给对方一辆轿车的感动！你们今天什么都见过，送对方什么样礼物都可以触手可及。生活，也少了一份惊喜。

我也终于明白：姑老爷并不只送了一颗糖果给姑奶奶，而是把自己一生的爱，都凝结成了甜蜜的糖果，当成每天送给姑奶奶都永远惊喜的礼物……

画线处连用两个比喻，分别把糖纸比作蝴蝶，把他俩比作小孩子，形象生动地写出了糖纸在风中飞舞的样子和二人天真地追逐的场景。

结尾由作者得到的启示，点明主旨：糖果是姑老爷给姑奶奶爱的惊喜，每一颗糖果都饱含了浓浓的爱意。

爱是什么？是价值百万的住房？是阔气舒适的轿车？不，都不是。如果爱，即使是一颗小小的糖果也能使双方厮守到老。现在，一颗糖果也不算什么，有人甚至会为对方说，我给你一个糖果店，但重要的不是物品的贵重，而是让对方惊喜的心意。这种心意远远超过了贵重的礼物，这是一件无法用金钱衡量的无价之宝。在物质生活日益丰富的今天，能保持这样一种真心不变，是最难能可贵的。

任泽坤 ◎ 评

知识链接

　　糖是人体所必需的一种营养素，经人体吸收之后马上转化为碳水化合物，以供人体能量。主要分为单糖和双糖。单糖——葡萄糖，分子式为C_6单分子链，人体可以直接吸收再转化为人体之所需。双糖——食用糖，如白糖、红糖及食物中转化的糖。分子式为C_{12}，人体不能直接吸收，须经胰蛋白酶转化为单糖再被人体吸收利用。

　　平常所说的糖主要包括：甘蔗糖、甜菜糖、雅津甜高粱糖等。

文/马凌云

轻松地活着

我们单位有一个姓汪的女士，特别会过日子，平日里省吃俭用，就为将来能住高楼，买汽车，过上等人的生活。可是，她和老公的工资有限，尽管一天三顿"窝稀咸"，刷牙洗脸连牙膏香皂都省了，可银行里的存款还是离过上等人的生活相差十万八千里。于是，汪女士便每天眉头紧锁，怨老公没有一个大款爹，怨自己没有一个富婆娘。时间一长，汪女士就觉得有点胸闷憋气，偶尔还会觉得胸部隐隐作痛。

一年一度的职工体检开始了，汪女士第一个让医生检查，结果让汪女士坐在那里半天没说话。医生说她得了乳腺癌，而且还是晚期。也就是说，汪女士没救了，就是把家里的存款全花出去治病，她顶多也就能活半年，然后落个人财两空的下场。

回到家里，汪女士山摇地动地哭了一夜。第二天，汪女士想开了，反正也就半年的活头了，还攒那么多钱干嘛呀，该享受享受吧。于是，汪女士的生活改变了，一日三餐鸡鸭鱼肉，鲜奶水果算做零食。在穿用方面，以前汪女士净买处理货，现在全部换成了高档时装、高档化妆品，每隔三天，汪女士还要到美容院做一次美容，活得那叫潇洒。

汪女士不但没因得了乳腺癌歇班，反而上班更积极了。她每天早来晚走不为别的，就为让单位里的人

开篇即交待事件，简单，明了。

举例说明了汪女士的"生活简朴"，点明汪女士的生活态度，为下文汪女士生病埋下伏笔。

过渡自然，干净利落。

同样运用举例的手法，将汪女士现在的"潇洒"与先前的"省吃俭用"形成鲜明的对比。如此巨大的反差，皆归因于一个严重事件——患上乳腺癌。

表明汪女士现在生活态度的转变。

看看她那一日三变的服装，看看她那张比以前白净细嫩多了的脸。

汪女士突然像变了一个人，单位里的人都觉得她有点"回光返照"。但不管怎么说，汪女士确实变得比以前漂亮了、活泼了，同事们都愿意和她接近，一些爱美的女士纷纷向她投去羡慕的目光，俨然已经把她当成了已婚妇女的偶像。同事们这一变化，让汪女士感到空前的满足。

转眼半年过去了，汪女士老公眼泪汪汪地提醒汪女士，银行的存款所剩无几了，是不是该到医院检查一下了，如果病情恶化，得抓紧治病啊。老公这一提醒，汪女士才想起来，原来自己还得着乳腺癌呢，半年已经过去了，也该检查检查去了，看看到底什么时候死。

于是，汪女士在老公的陪同下到医院去检查，结果让汪女士一蹦三尺高，以前是误诊，她得的根本不是什么乳腺癌，她胸闷憋气胸口疼完全是心情忧郁所致，现在一想开，病自然就好了。老公长出了一口气，病好了好啊，病好了又可以攒钱了。汪女士把眼一瞪，攒什么钱呢？攒钱住高楼、买汽车呀？我怕有命攒没命消受呢，你还是让我轻松地活着吧，别再为那没有影子的事劳神了！汪女士依然像以前一样潇洒，虽然银行存款寥寥，但却健康快乐。

一个人的生命只有几十年，过多地为遥远的渴望而劳心费力、吃苦受累真的不值得，像汪女士那样放下包袱轻松地活着，应该是人这一生比较实惠的选择。

（左侧批注）

情节转折，故事跌宕起伏，一波三折。

写出汪女士经过这次得病事件后对生活和生命有了真正的认识。

结尾"轻松地活着"与题目照应。

本文记叙了汪女士经过一次生与死的变故之后,对生活有了重新的认识的故事。意在说明人要轻松地活着,不要给自己施加太大的压力,不要给自己设定高于现实的目标,应该在"轻松"的基础上完善自己的人生。汪女士的故事表明了:无谓地追求高标准、高质量的生活,不如先过好眼前的日子,再为将来做合理的打算。

　　文章题目"轻松地活着",是指在轻松的前提下生活,才叫真正的生活。与其因为追求达不到的目标而活得太累,不如把这一切都放下,反而可以活得健康快乐。

张静怡 ◎ 评

知识链接

　　乳腺癌是通常发生在乳房腺上皮组织的恶性肿瘤。是一种严重影响妇女身心健康甚至危及生命的最常见的恶性肿瘤之一,据资料统计,发病率占全身各种恶性肿瘤的7%～10%。它的发病常与遗传有关,在40～60岁之间、绝经期前后的妇女发病率较高。男性患乳腺癌的几率较低,仅占所有乳腺癌患者的1%～2%。

第八辑

心里的阳光

　　小明每天都沐浴在阳光里，仔细倾听周围的声音，用心去"看"周围的世界。经过几年的努力，他居然也成了当地有名的盲人小画家，有好几篇作品还被送到联合国展出呢！

文／顾晓蕊

好日子 在路上

晚饭后，我和女儿在小区花园散步，接到朋友的电话。略显沙哑的男中音，说："你知道吗？咱们班的阿伦患了重病，现正在北京救治……"我猛然一惊，心沉了下去。正值深秋时节，昏黄的街头落叶飘零，风吹乱了我的长发，搅乱了我的思绪。

阿伦，校园里的微笑王子，脸上总是挂着动人的笑容。他像一缕阳光，走到哪里，哪里就洒满欢快的笑声。难忘那些愉快的周末，我们围坐在合欢树下，弹吉他、聊天。满树淡粉色的小绒伞，绽放在枝头，也绚丽着我们的梦想。三年的校园时光匆匆而过，送别的站台上，我们抛却少年的矜持与羞涩，紧紧握手，依依惜别。只因为，转身就是咫尺天涯，不知何时才能再次相聚。

转眼16年过去了，同学们陆续结婚、生子，为了生活奔波劳碌，平时很少见面。可是近几天，"阿伦做了脑瘤手术，至今昏迷不醒"的消息像长了翅膀似的，迅速在同学之间流传开来。当得知阿伦的家人正在为高昂的医疗费用发愁，同学们纷纷表示，要拿出实际行动，帮助阿伦渡过难关。自发的捐款活动就这样开始了，许多外地的同学也慷慨解囊，关注着阿伦的病情。

爱，像一双双无形的手，把熟悉又陌生的我们聚

"略显沙哑"表现出男同学的焦急，突出同学情谊的深厚。

"猛然一惊"表现出"我"听到阿伦患病消息之后的吃惊与手足无措，更突出了阿伦的不寻常以及"我们"之间的关系非同一般。

插叙手法，说明阿伦的过去，暗示同学关心他的原因。

奠定悲伤的感情基调。

与后文"忽视身边风景"相呼应。运用夸张手法，再次表现同学情之深。

表明爱的凝聚力非常强大。

集在一起。同学们讨论着用最合适的方式，表达对阿伦深深的祝福。许多同学放下手头的事务，为阿伦的事情奔走。是啊，有什么事情能比一个人的生命更重要呢？我们都不完美，需要相互鼓励；我们都有弱点，需要相互扶持。诚如泰戈尔所说："有一次，我梦见大家素不相识，醒来后，才知道我们原来相亲相爱。"

同学是临时团体，人生路上的一处风景，但路上的风景不容忽视，纯洁友情怎能忘却？

我们时常为生活琐事困扰，以至于忽视了身边的风景。几位多年不曾见面的同学发出邀请：组织一场同学聚会，喝杯茶，聊聊天，好吗？正要点头应允，那边又说："人生能有几个30年啊，有些事，经不起等待。"忽然感慨，人生的三分之一就这样过去了，还有多少话没有说出口，还有多少事没有来得及去做。

借图说理，运用几米的漫画来说明"要珍惜生命中的美好"的道理。

记得几米有一幅漫画，画中心一片浅绿的水，上边飘浮着开满紫花的藤蔓，大石头上坐着两个人，一条小纸船缓缓地驶过来。旁边配有充满哲思的小诗："一艘小纸船，悠悠地飘过来，吸饱水分，渐渐沉没。世界上所有的美好，都有有效期限。"人生亦如一次远航，我们以信念为帆，爱心为桨，驾驭生命之舟，驶向幸福的彼岸。风也罢，雨也罢，好日子都在路上。

点明文章的主题：好日子在路上。

敲下这些文字的时候，又接到朋友电话，说："阿伦醒过来了，暂时脱离了危险。"我把这个消息告诉爱人，他放下手里的书，眼睛眉毛一起笑，说："真好，这是今天听到的最好的消息。"我的眼睛一片濡湿。感谢阿伦，他让我们懂得了把握现在，感恩生活，珍惜每一个好日子。

深化文章主题：怀揣感恩之心来珍惜生命的每一天！

文章构思精巧。初看时，阿伦的病与"好日子，在路上"似无关系，实际上，阿伦的身份正代表了人生一个时期的旅伴，即求学之路上的同窗好友。人生之路上最好的时光、最真挚的友情就在少年时。

　　在人生之路上，有美好的风景。成功也好，失败也罢，有许多事情总要亲身经历才印象深刻。如文中所述，阿伦的脑瘤手术就是人生路上一次冒险。在冒险之路上，同学们组成一个小团体，一同分享好消息，一起负担更多责任，一起迎接困难，危难之中奠定了深厚的感情基础。

　　天下没有不散的筵席。无论多么热闹，多么亲密，多么难以割舍，总是面临分别。路上的花、草、日、月、哭、笑、悲、欢已成为珍藏的记忆。

　　诚然，旧的旅程结束了，带走了年华、光阴与朋友。但是，不要难过，新的旅程即将开始。人生，恍若一部电视连续剧，一集接一集。改变旧时习惯与生活、思维模式，迎接新挑战，接受新面孔，新团队就此诞生了。

　　每当久别重逢的老友相见时，总免不了叙旧。这样，旧的记忆又重现眼前。过去路上的日子已烙印心间，断不可抹去。

　　一段一段旅途过去，朋友越来越多。当人生终于走到尽头时，不论结果是否尽如人意，回望当年应感欣慰。至少，我曾有这样荡气回肠、波澜壮阔的人生。

朱星舟 ◎ 评

━━━ **知识链接** ━━━

　　几米，本名廖福彬，台湾著名绘本作家，其笔名来自其英文名Jimmy，中国文化大学美术系毕业。1999年出版《向左走，向右走》，获选为1999年金石堂十大最具影响力的书，开创出成人绘本的新形式，兴起一股绘本创作风潮。他的作品风靡全国，美、法、德、希腊、韩、日、泰等国皆有译本，部分作品还被改编成音乐剧、电影、电视剧。学界和媒体多次以"几米现象"为主题分析评论。

文/童 子

飘过童年的风筝

运用景物描写渲染了温馨的气氛，从而突出了童年的美好。

夕阳的余晖，轻柔地洒在脸上，温暖明媚，晶莹剔透，一如童年美好的回忆，在青春四溢的时光河畔荡漾。

春天的每一缕情丝，每一缕阳光，都是河面泛起的圈圈涟漪，都是心底潺潺流淌的音符……

借春天引出文章的主线——风筝。

风筝，又飞满了天空!

风筝，是天空里绽放的一抹云霞，在我们的头顶悠然地飘过，犹如童年的歌谣，在耳畔轻轻地吟唱，串串稚嫩的音符，在我们的心田里开出朵朵娇艳的花。

运用排比段，通过比喻的修辞手法生动形象地写出了风筝给予"我"的美好印象和风筝带给"我"的美好童年。

风筝，是童年梦幻城堡里的一只小鸟，在我们的回忆里轻盈地飞过，浅浅的心底里掩藏着世界上最单纯的愿望：只要一点点风，就可以在摇曳的草尖上启程，扑向蓝天的怀抱。

风筝，是春天的一枚邮票，贴在天空雪白的信纸上，轻风便是辛勤的使者，将我们的往事放飞，为我们邮寄来响亮的春天。

通过对风筝细致的描写，表现"我"对风筝的喜爱。

那个彩霞满天的黄昏，母亲精心地为我制作了一只风筝。那是一只多么美丽的风筝，结实的竹条，鲜艳的花纹纸，精巧别致的造型……童年所有美丽的色彩，所有的欢乐与梦想，似乎全被绣到了它的翅膀上，一根长长的丝线系满了童年所有飞翔的念头。

我仿佛听见了风筝在说：带我飞吧，孩子，清风是我们自由翱翔的翅膀；带我飞吧，孩子，天空是我们展示梦想的舞台。带我飞吧，孩子，飞翔是我们最美的姿态，飞翔就是我们的未来！

我迫不及待地打开风筝，就像迎风张开自己的翅膀，然后在水生生的草尖上奔跑，奔跑，风迎面而来，风筝便飘摇着飞向蓝天，飞上了高高的天空！五彩的翅膀在晚霞里上下轻盈地浮动，开出了一朵鲜艳的花，在天幕里闪射出了美丽的光晕。

最妙的是伙伴们一起放飞风筝了。几个小伙伴，一字儿排开，每人手执一枚线轴，一声令下，大伙儿一起迎着风儿奔跑，几只风筝便张开梦幻的翅膀朝着彩霞浮动的天空飞去，金色的余晖照射在多姿多彩的风筝上，闪耀出晶莹无瑕的光芒，那场面真是美得令人心醉！

就这样，我们的风筝，便如春天最多情的诗行，写满了童年的每个黄昏。我们常常在奔跑的间歇中，停驻转身，"手搭凉棚"，看着满天飞舞的精灵，默默地欣赏着那些浓烈绽放的场景，最后不由得露出了微笑。那一刻，我们童稚的笑容里盛满了夕阳的余晖，仿佛自己也在一瞬间变成了一只精美的风筝，飞舞在童年的晴空里，那么的自由，潇洒，浑身充满青春的力量！

夕阳的余晖，轻柔地洒在在脸上。风筝，就是天空里的一抹云霞，怒放在童年的星空里，永不枯萎，永不凋零，它已载着儿时的梦想，飞向了无垠的天空，飞向了遥远的地方。风筝，放飞的是天真，收获的是快乐，储蓄的是希望……

运用拟人的修辞，表现风筝带给"我"的美好回忆。

通过"迫不及待"一词突出了"我"对风筝的无比喜爱与期盼。

生动形象地写出风筝在天空飞舞时美丽的情景。

具体描写了"我"和同伴们在童年的美好回忆。

作者将自己融入到风筝中，表现自己对风筝无比向往之情，同时也是对童年的无比喜爱；作者的幻想表现了他内心对自由、美好的向往，点明了文章的中心。

深化主题，与文章开头相呼应，表达了作者对童年的留恋，对自由、美好生活的渴望。

文章通过对风筝的回忆，描写了自己童年时与风筝共同度过的美好生活，风筝作为全文的行文线索，贯穿文章，夹杂着作者对童年的留恋，对美好生活的向往，对自由快乐的渴望，作者就是借这一事物表达了自己内心的思想与情感。

　　童年生活是无比美好的，那时的快乐令我们无比向往，"风筝"作为曾陪伴过我们的一种美好事物更是留在了我们美好的回忆中，所以我们心中都有对童年的向往与留恋。

安泽纲 ◎ 评

知识链接

　　风筝，古时称为"鹞"，北方谓"鸢"。大多数的人认为风筝起源于中国，而后广传于全世界，是一种传统的民间工艺品。实际上，中国最早出现的风筝是用木材作的。春秋战国时，东周哲人墨翟（公元前478-392年），曾"费时三年，以木制木鸢，飞升天空……"。墨子在鲁山（今山东潍坊境内），"斫木为鹞，三年而成，飞一日而败"。墨子制造的这只木鹞是最早的风筝，也是世界上最早的风筝。（纪元前300年左右），距今已有二千四百年。

　　直至东汉期间，蔡伦发明造纸术后，坊间才开始以纸做风筝，称为"纸鸢"。

文/马凌云

心里的阳光

小明因患严重眼疾，医生给他做了眼角膜摘除手术。躺在病床上的小明只有一个念头，那就是死。他知道，自己以后永远都不会有光明了，整日生活在黑暗里的滋味，一定比死还要难受。于是他准备了一把削铅笔用的小刀，决定在自己最痛苦的时候结束自己的生命。

开头简明扼要，直奔主题。

就在他拿着小刀准备向自己的手腕割去的时候，和他相邻的病床上传来了一个老者的声音："小朋友，你现在是不是很想看看外面的世界？"小明点了点头，声音里带出了哭腔："是的，可是我的眼角膜被摘除了，我永远都看不到外面的世界了。"老者说："不，没有眼睛也看得到世界，我教你一个方法，深深吸一口气，让自己平静下来，然后用耳朵仔细听。"说话间，一只手抓住了他拿着小刀的手，把他的小刀拿走了。

简要叙述原因，引起下文。

老者拉着小明来到窗前，打开窗子对小明说："现在是春天，窗外有一排刚刚吐出嫩芽的杨柳，杨柳树下是一片绿绿的草坪，小鸟在枝头吟唱，蛐蛐在草丛里跳舞，你看到没有？"小明听着老者的讲解，好像真的看到了杨柳、小鸟、草坪和蛐蛐。小明说："我好像看到了，我还看到小雨在嘀嗒嘀嗒地下，是不是？"老者笑了："没错，小雨刚刚下起来，这是一场春雨呀，春雨贵如油，今年的庄稼要丰收啦！"

描写春天生机勃勃的景象，渲染欢乐和谐的气氛。

从那以后，老者天天都把小明领到窗前，让小明用耳朵听外面的声音，用眼睛"看"外面的世界。渐渐地，小明心情舒畅多了，他不再为以后的生活而担忧。

写出小明心态的变化，为下文作铺垫。

一天早晨，老者把小明领出了病房，让小明抬起头，问小明看到了什么。小明说："我脸上暖洋洋的，我好像看到了阳光。"老者说："不要对自己不自信，你就是看到了阳光，你看，这是初升的太阳，火红火红的，太阳下面还有一片彩霞。"小明点点头："是的，彩霞下面还有奔腾的雾霭呢！"老者拍着小明的肩："小朋友，祝贺你，你终于又见到光明了。"小明问："爷爷，我没有了眼睛，为什么还能见到光明呢？"老者说："因为你心里有了阳光，正所谓心明眼亮嘛。"老者抚摸着小明的头接着说："人这一生会遇到许多沟沟坎坎，有些是人的眼睛看不到的。如果一个人心里没有阳光，即使长着一双眼睛，也难免要走弯路摔跟头。如果一个人心里有了阳光，情况就不同了，他的眼前永远是光明的，所有的沟沟坎坎都会被他看得一清二楚，他永远都不会摔跟头。你现在心里已经有了阳光，你可要把这片阳光永远留住噢。"小明使劲地点着头："爷爷，我会的。"

描写出太阳的美好，世界的灿烂。

轻点主旨，与结尾呼应。

语言朴素，道理深刻，引人深思，点出中心。

第二天，小明就出院了。临走之前，他和老者道别，可护士告诉他，老者已经走了。小明问老者是谁，为什么要教他用特殊的方法看世界。护士说："那老者是个盲人画家，他虽然没有眼睛，但他比有眼睛的人更懂得生活，他的画还获过国际大奖呢，他之所以引导你，是不想让你被心中的黑暗毁了前程。"听了护士的话，小明对老者无比感激和崇敬。

揭示悬念，写出老者的精神，让人敬佩，表现出老画家的坚强与善良。

后来，小明每天都沐浴在阳光里，仔细倾听周围的声音，用心去"看"周围的世界。经过几年的努力，他居然也成了当地有名的盲人小画家，有好几篇作品还被送到联合国展出呢！

结尾温馨感人，以欢乐的结果结束，引发读者深思。

点评

　　本文通过叙述小明受到一位盲人老画家鼓励，后来成为小画家的感人故事。告诉我们对待看到的东西时心中要充满阳光。对待眼前的困难，要有美好的希望，坚强面对困难。只有心中充满阳光，才能勇敢解决困难。

　　文章情节曲折，文笔优美，结尾既揭示了悬念，又交待了结局，引人深思，告诉我们要让心中充满阳光，才能让希望更加光明。用心中的阳光去驱散阴暗，只有心中有阳光，才能不在坎坷中摔倒。

胡钟月 ◎ 评

知识链接

　　彩霞即彩色的云霞。类似于彩虹的、在早晚发生的一种光线现象，并不像彩虹那么有规律，好像是被打翻的颜料一样很随意。好像抽象画一样，有一种朦胧的美。早晨的称"朝霞"，云体本身色彩暗淡且形体巨大，但是天空却呈现出一种淡雅的玫瑰色；傍晚的曰"晚霞"，又名"火烧云"，色彩红艳，形状多变，云体较小。古代有"朝霞不出门，晚霞行千里"的说法，因为朝霞多是积云造成的，极容易发展为积雨云；而晚霞多是淡积云造成的，淡积云不会造成降水，而且一般预示着一定范围内未来几天将持续晴好，有利于出行。

文／顾晓蕊

心是一棵会开花的树

开篇引出文章的线索——洋槐树。"流溢"二字把飘香写得十分生动美丽。

年少的生活像五彩缤纷的梦，三言两语，就写出孩子们的快乐。

槐花的香，可以闻，也可以品尝。"拦腰截断"写树遭遇巨大苦难，落地的花瓣令人怜惜，脆弱的生命令人慨叹。

外貌、动作、语言描写，写出妈妈对儿子的关心和爱。

弟弟年轻的生命，要承受如此的苦难。

故乡的家是一个四合小院，院里有棵粗壮挺拔的洋槐树。阳春四月，巨大的树冠华荫如盖，素淡的花苞次第开放，满院流溢着醉人的清香。

槐花盛开的时节，团团簇簇洁白的花朵，像迎风舞动的风铃，摇出阵阵欢快的笑声。最开心的，要数采摘槐花。弟弟爬上高高的树杈，用带钩的竹竿把槐枝扭断，我拾起落到地上的枝条，沿着细茎轻轻一捋，一嘟噜花朵落进筐里。

在那贫寒的年代，槐花无疑是一道美食，或蒸或炒，皆唇齿留香。然而，苍翠遒劲的老槐树，在一个电闪雷鸣的夜晚，如巨人般轰然倒塌。翌日清晨，发现槐树被拦腰截断，细碎的花瓣飘落一地，生命的华美与脆弱瞬间交替，让人久久地怅然无语。

此后不久，我们便搬家了。十余年时光缓缓淌过，日子过得平淡而适意。三年前的一天，宁静的生活被突如其来的电话打破。妈妈放下电话，脸色煞白，双手颤抖，对爸爸说："儿子在工地上出事了。"

那是怎样惊心的一幕，现场发生爆管事故，弟弟身上多处烫伤，从八米平台纵身跃下。他在重症病房里，度过生命里最难挨的两个月。出院后，他不愿照镜子，也不愿出门见人，每天把自己锁在房间里，用舒缓的音乐安抚心底的伤痛。

妈妈说："这样会闷出病来，出去走一走吧。"我想了又想，决定陪弟弟回故乡。踏上梦萦魂牵的热土，我的心里充满期待与忐忑，不知这一趟旧地重游，将给弟弟带来怎样的影响。

走进童年的小院，一阵阵清香扑面而来，浓烈而又执著。抬头望去，记忆里被风雨摧毁的洋槐树，竟奇迹般出现在眼前，变得更加枝繁叶茂。弟弟径直向前，缓缓地走到槐树下，把身体贴近树干，紧紧地拥抱那棵树。

那一刻，安静极了。忽一阵清风拂过，雪白柔软的槐花，落在他的衣襟上。他捏起几朵放进嘴里，细细地嚼，两行清泪落了下来。自从弟弟受伤以来，这是我第一次，也是唯一的一次，看到他流泪。

泪痕很快被风吻干。他侧过身来，说："姐姐，给我照张相吧。"我掏出数码相机，紧张地按了三次快门，才拍下这美好的瞬间。弟弟倚着老槐树，感叹地说："槐花虽小，却有阳光的味道。"他笑了，目光变得坚强，从灵魂深处射出来。

半个月后，我们回到家。照片洗了出来，弟弟把它摆在床头，背面写一行蓝色小楷：树是大自然的智者与强者，人应该像树一样活着。至此，我那颗悬着的心，终于放了下来。很快，弟弟又回到工作岗位，开始了全新的生活。

心是一棵会开花的树，那枝叶是信念，那树干是平和，那深入地底下的根须，就是默默地承受。人这一生，有这么一棵树，不管经历怎样的风雨，依然能凭借一缕心香，从容抵达幸福的彼岸。

旧地重游，不知能否打开弟弟那扇关紧的心窗。

洋槐树的现状令人惊讶，虽被风雨侵袭，却又"更加枝繁叶茂"，弟弟用身体汲取槐树重生的力量与儿时吃槐花的情形相照应。

弟弟"唯一"的眼泪源于感动、源于对童年时光的怀念。

槐花有阳光的味道，阳光也寓意着希望。

摆在床头，写出照片重要性。

弟弟的一番话，正是槐树告诉他的真谛。

弟弟和槐树一样，获得了重新正常生活的机会。

点明文章主旨：不管历经怎样的磨难，心中只要生长着一棵信念之树，就能度过重重关卡，收获幸福的芬芳。

生活不会像春日的阳光,永远温馨净朗,生活有一张变幻莫测的脸,我们永远不知道下一个微笑后会不会冷若冰霜。一部分人在挫折苦难后甘于颓废,还有一部分人永不放弃。这部分不放弃的人,人生将重新散发光芒。

  《心是一棵会开花的树》描写了一棵树和一个人,两条生命,一种命。槐树拦腰折断,弟弟遭遇烫伤,我认为这是作者描绘的脆弱生命,苦难人生。可作者笔锋一转,从故地重游、槐树重生,到弟弟站起来。他们无法改变命运轨迹,可他们能改变自己。

  本文在艺术手法上做到了"文以情动人"。弟弟的照片、文字,表达了他的坚强。文题是一句富有诗意的话,人心就是由信念、平和、承受构成。无论吹过风、下过雨,只要树在花香,人生就会走向幸福,走向光明。

  记住一句誓言,给每个人:请允许我们盘旋在无论哪座山峰顶端之上——站立着,我们的心当是一棵树。

王艺芳 ◎ 评

知识链接

  洋槐树是原产北美的树种,公元1601年引入欧洲,公元1877年后引入中国,因其适应性强、生长快、繁殖易、用途广而受到欢迎。在国内已遍及华北、西北、东北南部的广大地区。在北纬23°～46°、东经124°～86°的27个省(市、自治区)都有栽培,而以黄河中下游和淮河流域为中心。垂直分布最高可达海拔2100米。多以水土保持林、防护林、薪炭林、矿柱林树种应用。

文/秦小睦

幸福就是把
每一天都当成世界末日

　　朋友大刘常唱着歌儿问我，"世界上幸福的人到处有，为何不能算我一个？"在我眼里，大刘是幸福的，他有显赫的家世、外企的职位和漂亮的女友。可是，大刘却常常皱着眉头，仿佛有化不开的忧愁。

　　一次，我和大刘进行了一次推心置腹的交谈，大刘跟我说："确实，我是社会上人人羡慕的'富二代'，父母都是绝对的成功人士。家族企业在他们的努力下发展得红红火火的，我的姐姐、姐夫也在企业中担当重要的职位。可是他们更希望把我留在身边，甚至直接让我成为家族企业的接班人。然而，别说成为家族企业的接班人，我工作太忙、交际太多，又忙着交女朋友，平时和父母见一面都难。"

　　接着，大刘又谈到了自己的工作，"在窗明几净的写字楼上班，捧着优厚的外企薪俸，这是很多年轻人的'理想'。可是，要在外企生存，压力大得几近崩溃，同事之间有着戒备森严的设防，办公室只有政治，没有友谊。拿到了高薪，却没有了同事之谊，失去了生活的乐趣，你说我能幸福吗？"

　　说到自己漂亮的女友，郁闷的大刘依旧没有笑颜，"爱美之心人皆有之，我的女友美貌赛过范冰冰，

　　开篇写出大刘的困惑与问题，与大刘在"我"心中是幸福的形成对比。

　　"推心置腹"写出了这次交谈的重要性，表明"我"和大刘对这次谈话十分重视。

　　大刘说出自己的困惑：不但工作忙，交际多，连见父母一面都十分困难。

　　"理想"是带引号的，说明这并不是年轻人所期待的真正理想。

　　"依旧"这个词也写出大刘内心的痛苦，漂亮的女友也无法让他开心。

刘亦菲，性格也温柔得如三月的春风。可是，她对我的依赖心很重，就算我给她买再好的品牌包，送她无限额的附属卡，她依旧一副林黛玉的忧愁样。她要我多抽时间陪她，可我应酬多、爱好多、朋友多，哪有那么多闲工夫？"

运用比喻的修辞手法，把性格比作三月的春风，生动形象地表现出女友的温柔。

听大刘这么说，他仿佛真有点四面楚歌的意味，想要找到幸福是一件很难的事。我突然想到在一个相亲节目专家问嘉宾的问题，"如果到了世界末日这一天，你会选择怎么样来度过？"于是，我套用了专家的问题，"如果到了世界末日这一天，你会怎么对待自己的父母、同事和女友？"

"三个多"写出了大刘的问题，也写出了大刘因无法想出解决办法而感到痛苦与无助。

大刘认真地想了想，"我会陪父母聊聊天，尝试了解家族企业的运作，评估一下接手家族企业的可能性；在公司，我会试着和同事友好沟通，建立一种竞争之外的友谊，让职场生活松弛有度；对女友，我会推掉八小时以外的应酬，因为女友比客户和朋友更重要，我不愿意冷落了女友，让自己的爱情不经意就飞了。"

提出问题，照应文题。

"认真"这个词写出了大刘对待这次谈话的态度的严肃。

显而易见，大刘设想的世界末日这一天，其实是在努力追求幸福，并极有可能收获到幸福。我接着说，"那么，你试着将每一天都当成世界末日，那么幸福还会离你远远的吗？"恍然大悟的大刘顿时释然，脸上重新绽放了轻松的笑容。此后，一直说自己不幸福的大刘变成了阳光青年，很少再见到他一脸阴霾的模样了。

"恍然大悟"这个词表现出大刘明白了其中的道理时的开心，将脸上的笑容与之前的愁眉苦脸作对比。

幸福是一种美好的感觉，一种快乐的满足，一种心灵的契合。其实，当我们觉得幸福遥不可及时，不妨把每一天都当成世界末日，在耐心、诚恳和珍惜的姿态之下，幸福绝不会无迹可寻。

运用排比的修辞手法，增强了语势。

结尾扣题，点明文章中心，画龙点睛。

本文主要讲述了大刘时常抱怨自己不幸福,"我"通过一次推心置腹的谈话,让大刘明白了什么是幸福,此后,大刘变成了阳光青年,很少见他一脸阴霾的模样了。

幸福不是千金的财富,不是受人注目的地位,而是为别人着想的奉献,是付出,这就是幸福。当我们觉得幸福遥不可及时,不妨把每一天都当成世界末日,努力地过好生活中的每一天、每一分、每一秒,在耐心、诚恳和珍惜的姿态之下,幸福绝不会无迹可寻。

这篇文章虽然没有华丽的辞藻,也没有长篇的议论和抒情,但却让读者体会到了温暖,文章开门见山,直接写出了大刘的烦恼和忧愁,同时也设置了悬念:为何大刘会烦恼?来引起读者的兴趣,为下文大刘讲述自己的烦恼作铺垫。

面对大刘的困难,"我"向大刘提出一个问题:"如果到了世界末日这一天,你会怎么对待自己的父母、同事和女友?"通过这个问题让大刘认识到自己的烦恼,明白了什么才是真正的幸福。

周国平曾说过:"能随时随地用心灵去品尝生活的味道,才有幸福可言。"幸福是一种美好的感觉,一种快乐的满足,一种心灵的契合,让我们放飞自我,一起去追求幸福吧!

夏雪怡 ◎ 评

=== **知识链接** ===

富二代,Rich 2G,是指80年代出生、继承上亿家产的富家子女。富二代有知识成功型,也有纨绔子弟败家型,平庸者也占很大比例。有专家认为富人的财富应有部分捐献给社会而不是全部继承给子女,否则容易导致社会贫富分化加剧,不利于社会的稳定与经济的发展。著名的富二代有鲁鼎伟、刘畅等人。

文/吕 麦

善待他人
更要善待亲人

一个"愕然"写出了"我"的惊讶与不可思议。

运用了一个有趣的比喻，生动形象地描绘出了老太太的体形，也暗示了她的"好吃懒做"。

用几个形容词写出朋友的伤心与悔恨，从前文"解脱"一词也可看出他与母亲间的矛盾。

对朋友母亲的缺点进行详细叙述，为下文作铺垫。

巧妙地将朋友母亲比作《红楼梦》中的人物，可见她的懒惰与亲人们对她的厌恶。

接到朋友电话，说他母亲去了。我愕然："老太太是多么健康快乐、闲适安然的一个人。怎么可能？"

"突然就没了。高血压。"

噢。老太太又白又胖、包子似的。高血压，太有可能了。

"去了也好。于她、于你们，都是解脱。"因为太熟悉这家人了，所以省去"节哀顺变"之类的客套安慰。

不料，朋友，一个年已不惑的男人，竟哭得稀里哗啦、抽抽搭搭："不。我对不住她，太对不住她了……为什么以前不能对她好点儿呢……"

朋友不曾虐待过她的母亲。恰恰是好吃、好住、好穿地赡养着。只是朋友的母亲，很难惹人喜爱。不仅贪吃贪睡，生活邋遢，一辈子不爱干活儿，还成天"饭来张口，衣来伸手"。

若是生在《红楼梦》里，贾府那般大富大贵、钟鸣鼎食之家，做个让人伺候的老太太也就罢了，偏偏生就刘姥姥的命儿。因此落得个"好吃懒做"的坏名声。亲戚们人见人厌，唯恐避之不及。儿女们觉得很丢脸。

平日里，她一人懒得做饭（压根不会做），就厚着面皮四处"蹭"。只要亲戚家有红白喜事、生日寿诞，她三天前就早早地去"安营扎寨"。名曰"帮忙"，实则主人忙得废寝忘食，她则躺在沙发上打呼噜、睡大觉。饭点一到，一骨碌起身，嘴角粘着口水，麻溜地坐上饭桌……

儿女们每每凶她吼她："不干活。别占着席位，到厨房随便吃点，回家去！"不管当着多少人，也不管她的尊严受不受到损害。

暑假，朋友接她去城里住。朋友两口子上班，她老人家啥活儿也不干，中午还得让十岁的小孙女给她煮方便面。大热的天，儿媳、孙女不监督她，她可以偷懒不洗澡或不洗头发。浑身散发的浓浓馊臭味儿，熏得全家倒胃口。免不了，朋友又朝她吼："你真不自觉！"

了解她的人都知道，她活得很没有尊严。因为自身诸多坏习惯，造成别人的轻贱，更有儿女的不尊重。而她似乎根本不在乎，一如既往地玩乐、蹭饭、不洗澡、随时随地打呼噜、流口水、睡觉……

"好人不长寿，祸害活千年。"常常地，亲戚们挤对她："没病没痛、能吃能睡无烦恼。大概能活一百岁吧。真讨厌！"

摊上这个母亲，朋友面子自然挂不住。所以，惯常的对母亲说话倒像严父训斥孩子。而在单位、朋友、亲戚圈子里，他却是出了名的"好好先生""宽容大度""随和友善"。

"我为什么就不能对她好点儿呢……"朋友像祥林嫂弄丢了阿毛似的絮叨、自责。可是，一切没法补救。

曾经看到一个网友的签名：人们日常所犯的最大错误——就是对陌生人太客气，而对亲人太苛刻。把这个坏习惯改了，就会少一些后悔。我们都引以为戒吧。

"安营扎寨"用得生动而形象，将她的"厚脸皮"表现得了淋漓尽致。

用几个动作描写，把朋友的母亲"好吃懒做"的形象描写得栩栩如生。

两处"吼"，能看出朋友对母亲的不尊重，厌恶，正如下文所说，老太太活得很没有尊严。

从正、侧两方面写她虽遭人厌恶、习惯不好，但她并不在意，依然我行我素地生活着。

表明朋友对母亲的态度极差。

点出作者的朋友善待他人，却不善待亲人。

生动形象地写出朋友的自责、愧疚。

升华主旨，深化主题，用网友的签名来巧妙收尾。

作者通过叙述朋友因对母亲不好而在她去世后悔恨万分一事，突出了文章主题"善待他人，更要善待亲人"。

　　其实我们在生活中又何尝不是对陌生人太客气，而对亲人太苛刻呢？当我们拖着伪装了一天的皮囊回到家中时，所谓的"宽容大度"便烟消云散，无论家人为我们做了什么，总觉得是理所应当的。于是我们便停止了手中写给母亲的贺卡，少说了一句句"谢谢"，也不再心存感激。

　　我们应该感激生命中的每位过客，更要感激离自己最近的亲人，他们的爱是最真诚而无私的，我们应该用感恩的心来回报这份真情。

孙一鸣 ◎ 评

■ 知识链接 ■

　　祥林嫂是鲁迅小说《祝福》中的人物。祥林嫂是旧中国农村中勤劳、善良、质朴、顽强的劳动妇女的典型。她屡遭不幸，走投无路，最后在"年年如此，家家如此，今年也如此"的地主阶级欢天喜地的"祝福"声中悲惨地死去，这与封建地主阶级杀鸡宰鹅，大放鞭炮，乞求天神赐福形成了鲜明的对照，使故事的悲剧性更加深刻。

写作技法积累

蒙太奇、蒙太奇手法的特点与运用

　　蒙太奇是法文montage的音译，原为建筑学术语，意为构成、装配。最早被延伸到电影艺术中，后来逐渐在视觉艺术、文学等衍生领域被广为运用。

　　蒙太奇是电影创作的主要叙述手段和表现手段之一，即将一系列在不同地点，从不同距离和角度，以不同方法拍摄的镜头排列组合（即剪辑）起来，叙述情节，刻画人物。凭借蒙太奇的作用，电影享有了时空上的极大自由，甚至可以构成与实际生活中的时间空间并不一致的电影时间和电影空间。蒙太奇可以产生演员动作和摄影机动作之外的"第三种动作"，从而影响影片的节奏和叙事方式。

　　所谓的蒙太奇理论最初是由艾森斯坦为首的俄国导演所提出，主张以一连串分割镜头

的重组方式，来创造新的意义，例如艾森斯坦在《波坦金战舰》里，将一头石狮子与群众暴动重复交叉剪辑在一起，制造出无产阶级起义的暗示性意义。

蒙太奇具有叙事和表意两大功能，据此，我们可以把蒙太奇划分为三种最基本的类型：叙事蒙太奇，表现蒙太奇，理性蒙太奇。前一种是叙事手段，后两类主要用以表意。

叙事蒙太奇　这种蒙太奇由美国电影大师格里菲斯等人首创，是影视片中最常用的一种叙事方法，它的特征是以交待情节、展示事件为主旨，按照情节发展的时间流程、因果关系来分切组合镜头、场面和段落，从而引导观众理解剧情。这种蒙太奇组接脉络清楚，逻辑连贯，明白易懂。叙事蒙太奇又包含平行蒙太奇、交叉蒙太奇、重复蒙太奇和连续蒙太奇等表现手法。

表现蒙太奇是以镜头对列为基础，通过相连镜头在形式或内容上相互对照、冲击，从而产生单个镜头本身所不具有的丰富涵义，以表达某种情绪或思想。其目的在于激发现众的联想，启迪观众的思考。表现蒙太奇又包含抒情蒙太奇、心理蒙太奇、隐喻蒙太奇和对比蒙太奇等表现手法。

理性蒙太奇　让·米特里给理性蒙太奇下的定义是：它是通过画面之间的关系，而不是通过单纯的一环接一坏的连贯性叙事表情达意。理性蒙太奇与连贯性叙事的区别在于，即使它的画面属于实际经历过的事实，按这种蒙太奇组合在一起的事实总是主观视像。这类蒙本奇是苏联学派主要代表人物爱森斯坦创立，主要包含：杂耍蒙太奇、反射蒙太奇和思想蒙太奇等表现手法。